서툴지만

괜찮아

서툴지만 괜찮아

발행일	2016년 12월 21일			
지은이	조 원 경			
펴낸이	손 형 국			
펴낸곳	(주)북랩			
편집인	선일영	편집	이종무, 권유선, 김송이	
디자인	이현수, 김민하, 이정아, 한수희	제작	박기성, 황동현, 구성우	
마케팅	김회란, 박진관			
출판등록	2004. 12. 1(제2012-000051호)			
주소	서울시 금천구 가산디지털 1로 168, 우림라이온스밸리 B동 B113, 114호			
홈페이지	www.book.co.kr			
전화번호	(02)2026-5777	팩스	(02)2026-5747	

ISBN   979-11-5987-373-7 03810(종이책)   979-11-5987-374-4 05810(전자책)

이 도서의 국립중앙도서관 출판예정도서목록(CIP)은 서지정보유통지원시스템 홈페이지(http://seoji.nl.go.kr)와
국가자료공동목록시스템(http://www.nl.go.kr/kolisnet)에서 이용하실 수 있습니다.
(CIP제어번호 : CIP2016031411)

(주)북랩 성공출판의 파트너

북랩 홈페이지와 패밀리 사이트에서 다양한 출판 솔루션을 만나 보세요!

홈페이지 book.co.kr   1인출판 플랫폼 해피소드 happisode.com
블로그 blog.naver.com/essaybook   원고모집 book@book.co.kr

서툴지만 괜찮아

사회생활이 서툰
새내기 간호사와
20대 초년병을
위한
공감과 힐링의
메시지

조원경 지음

북랩 book Lab

5. 서른, 꿈 너머 꿈을 꾸다

1

선택의 기로에서
간호사를
택하다

나는 원래
선생님이
되고 싶었다

취업을 준비하면서 고등학교 생활기록부를 준비해야 할 경우가 있었다. 그래서 고등학교 졸업 후 처음으로 생활기록부를 봤는데 거기서 재미있는 것을 발견했다. 3년 내내 장래희망이 '교사'라고 적혀 있었다. 부모님이 원하시는 것도, 내가 원하는 것도 모두 교사였다. 그 순간 고등학교 때 꿈꾸던 나의 모습이 떠올랐다.

　　그러고 보니 어린 시절엔 나는 선생님이 되고 싶었다. 어린 나의 눈엔 세상에서 선생님이 최고의 직업이었기 때문이다. 공무원이신 아버지께서도 안정적인 공무원이나 교사를 추천해 주셨고, 그러한 환경에 살아보니 자연스럽게 교사를 꿈꾸며 살았던 것 같다. 학교에서 매일 만나는 선생님은 우상과도 같은 존재였다. 화장실도 안 갈 것 같은 천사 같기도 했고, 무엇이든 척척 해내는 영웅 같기도 했다.

초등학교 6학년 때의 일이다. 이제 갓 부임해 오신 젊은 여선생님이 담임으로 오셨다. 젊은 선생님이라는 것 하나만으로 반 아이들 모두 들떠 있었다. 학기 초 환경 미화를 하는데, 종이접기를 좋아하는 나의 재능을 알아보신 선생님께서 환경미화를 맡기셨다. 잘하는 분야인 종이접기로 꾸밀 수 있게 기회를 주신 것이다. 부끄러움이 많아서 선뜻하겠다고 나서지는 못했지만, 조용히 꽃을 만들어 선생님께 드렸다. 그때 선생님께서 해 주신 칭찬은 나에게 자신감을 더해 주었다. 어릴 땐 너무 소심해서 발표조차 제대로 하지 못했다. 하지만 그 칭찬을 받은 이후 스스로 손을 들어 발표하기도 했다. 그 용기는 선생님께로부터 받은 칭찬에서 나왔다고 생각한다. 더욱이 내가 손을 들 때는 꼭 나를 지목하셨고 나에게 발표의 기회도 제공해 주셨다. 그렇게 나는 6학년 때 성적도 반에서 1등을 할 만큼 우수했고 학우관계도 선생님과의 관계도 모두 좋았던 황금기로 기억한다. 그 모든 것은 나의 재능을 발견하여 발휘하게 해 주신 선생님 덕분이다.

그 선생님 덕분에 나는 선생님을 꿈꾸게 되었다. 아이들의 가능성을 발견해 주고 꿈을 심어주는 그런 선생님이 되고 싶었다. 지식을 알려주는 것도 중요하지만, 아이들에게 희망과 꿈을 심어주고 숨겨져 있는 가능성을 끄집어내는 일이야말로 선생님의 할 일이 아닌가 생각했다.

그렇게 중학생이 되고 고등학생이 되었다. 고등학생이 되어서 현실을 직시하게 되었다. 내가 꿈꾸던 교사가 되기는 정말 힘들다는 사실을 말이다. 초등학교 땐 최상위를 유지하던 성적이 학년이 오를수록 중상위권에 머물렀다. 그리하여 결국은 수능 성적도 중상위 정도에 머물렀다. 그래서 원하던 교대나 사범대를 포기하고 취업이 잘 되는 간호학과를 선택했다.

처음엔 재수를 할까 생각했지만, 또 공부할 자신이 없었다. 어쩌면 그만큼 교사라는 꿈이 간절하지 않았을지도 모른다. 그냥 어른들이 좋은 직업이라고 해서, 또 보기에도 좋아 보여서 선택했을지도 모른다. 하지만 하루하루 성장할수록 세상엔 더 많은 직업이 있다는 것도 알게 되고 노는 맛(?)도 알게 되니 공부를 계속하기는 싫었다.

그렇게 간호대 학생이 되었다. 대학생이 된다는 설렘도 있었지만, 간호사라는 직업에 대해 많이 찾아보고 책을 읽기도 했다. 또한, 간호대학의 선배들이 쓴 글을 읽으면서 간호사를 미리 준비하곤 했다. 먼저 간호사의 길을 걷는 선배들은 하나같이 사명을 강조했다. 그냥 돈벌이로는 힘든 일이고 사람을 사랑하는 사명이 있어야 힘든 일을 이겨낼 수 있으며 보람을 느낄 수 있다고 말했다.

그러한 글을 읽으면서 나를 돌아보기도 했다. 나 역시 사람들을 돕는 일을 하고 싶음을 깨달았다. 어릴 적 꿈꾸던 선생님도 학생들이 성장하도록 '돕는' 일이고, 간호사 역시 아픈 사람들이 나을 수 있도록 '돕는' 일이다. 나의 간호를 받고 사람들이 더 빨리 나을 수 있다면 보람 있는 직업이라 생각했다. 그렇게 나의 마음까지도 준비해 나갔다.

또 한편으로는 장애인인 언니가 떠올랐다. 1급 정신지체를 가진 언니는 아파도 어디가 아프다고 말할 수 없다. 그저 우는 것으로 표현하겠지만 우리는 알지 못한다. 그리고 만약 병원을 가더라도 낯선 곳을 무서워하는 언니에게 치료는 굉장히 어려운 일이다. 병원이라는 환경을 익숙하게 느끼도록 하는 데 시간이 오래 걸린다. 그래서 가족인 내가 간호사라면 언니가 훨씬 덜 무서워하지 않을까 하는 생각도 했다. 그리고 주사도 동생이 직접 놔준다면 겁먹지 않으리라고 생각하며 내가 간호사를 해야 하는 이유를 하나씩 생각해 내었다. 언니에게도 도움이 되는 직업이라 생각하며 나에게 사명감을 더했다.

그리고 더 나아가서는 간호사는 대학에서 배운 것을 써먹을 수 있는 직업이라는 사실이 좋았다. 대학 전공과 취업분야가 달라질 수도 있는 타과에 비해 간호학과는 배워서 남 줄 수 있는 실용적인 학문이라는 것도 매력적으로 다가왔다.

나는 일상에서 써먹을 수 있는 것을 배우는 것이 좋았다. 어릴 때 취미로 하던 종이접기조차도 실용적으로 숟가락을 접어서 과자를 퍼먹을 때 쓰기도 했다. 또 어버이날에는 카네이션을 직접 만들어 달아드리는 것이 더 행복했다. 이렇듯 실용적인 것을 따지던 나에겐 배운 것을 써먹는 간호학이 괜찮다는 생각이 들었다.

마지막으론 역시나 취업률이었다. 여자로서는 전문직인 간호사라는 직업은 매력적인 직업이긴 하다. 전문직이라 페이도 괜찮은 편이고 일자리도 많다. 요즘은 출산율 저하로 아이들이 줄어서 학교는 줄고 있지만, 노인 인구 증가로 병원은 늘어나고 있다. 그만큼 간호사 수요도 증가하고 있다. 그렇다면 선생님보다는 간호사의 미래가 더 밝은 편이지 않겠는가? 그렇게 계속 생각을 하다 보니 간호사를 해야 하는 이유들이 점점 늘어났다.

하고자 마음먹으니 못할 이유보다는 해야 할 이유가 더 많아졌다. 사람은 정말 생각하기 나름이 아닐까 생각된다. 이 책을 읽는 독자 중에도 어쩌다가 간호학을 선택하게 된 사람도 있을 것이다. 하지만 다시 한 번 간호사를 선택하게 된 이유를 곰곰이 생각해 보길 바란다. 그러면 이렇게 내가 꼭 간호사를 해야 하는 이유가 떠오를 것이다. 비록 어릴 때부터 꿈꾸던 것이 아닐지라도 지금부터라도 꿈을 품으면 된다. 그렇다면 정말 꿈꾸는 멋진 간호사가 될 것이다.

'할 수 있다'
믿으면 진짜
할 수 있다

내가 간호학과를 가게 되었다는 사실을 알고는 나보다 주변에서 더 많이 걱정했다.

"겁도 많은 네가 간호사 일을 할 수 있겠니?"

"피는 볼 수 있겠니?"

이렇게 나를 만나는 사람마다 걱정해 주었다.

그렇게 걱정하는 데에는 다 그만한 이유가 있었다. 어릴 때부터 나는 겁쟁이에 울보였다. 어릴 때는 아침마다 코피가 났다. 그런데 코에 흐르는 피를 보는 것이 무서워 아침마다 엄마를 먼저 불렀다. 혹시나 베개가 피로 젖었을까 무서웠고, 코피가 많이 났을까 무서웠다. 그래서 엄마를 먼저 찾았고, 엄마가 코피를 닦아주면 그제야 일어났다.

게다가 성격도 내성적이어서 명절에는 친척들이 내가 있는지도 모를 정도였다. 방에 우두커니 앉아서 어른들의 대화 내용만 듣고 있을 뿐이었다. 그리고 마음도 여려서 사람들이 뭐라 하면 금방 울어버리곤 했다.

그렇게 겁쟁이 울보인 내가 매일 피를 보는 간호사를 하겠다니 주변에서 놀라지 않을 수 없었을 것이다. 하지만 나는 그들의 걱정에 더 오기가 생겼다. 나도 할 수 있음을 보여주고 싶었다. 그래서 그런 이야기를 들을 때마다 오히려 "배우면 하겠지요"라고 무덤덤하게 대답하곤 했다. 그러면서 속으로는 꼭 해내고 싶다는 다짐을 했다.

그러한 다짐 덕분에 8년 동안 간호사로 열심히 살 수 있었다. 물론 그 기간동안 참으로 우여곡절이 많았다. 포기하고 싶었고, 힘든 순간도 많았다. 피하기도 했고 도망치기도 했다.

처음 대학병원 입사 당시 그 기쁨은 딱 일주일 갔다. 남들이 부러워하는 직장이었지만 정작 당사자인 나는 그 기쁨이 오래 지속하지 않았다. 출근길이 지옥 같았고, 일하는 내내 의욕도 없었다. 퇴근하고 나면 오늘 하루 실수한 것들만 떠올라서 다음 날 출근하기가 두려웠다. 그래서 결국은 퇴사를 결정했다.

그렇게 두려운 곳을 떠나면 행복할 것 같았지만 떠난 후 찾아온 것은 좌절감이었다. 해내지 못했다는 좌절감이 나를 더 힘들게 했다. 그래서 퇴사 후 보건교사를 준비하는 것도 자신감 부족으로 잘 되지 않았다. 결국, 다시 병원 생활에 도전했다. 병원 생활을 극복해야 다른 것도 해낼 수 있을 것 같았기 때문이다.

그리하여 나의 수준에 맞게 작은 규모의 병원부터 부딪혀보기로 한 것이다. 동네의 한 안과 의원에서 간호사로 다시 시작했다. 칭찬을 아끼지 않으시는 원장님과 좋은 동료들 덕분에 한 달만에 병원 일도 완벽하게 익히고 일하는 즐거움을 찾았다. 일하는 즐거움 덕분인지 규모가 작아서인지는 모르겠지만 그때 당시엔 정말 내 병원이라는 생각으로 출근했다. 주인의식이라는 것이 바로 이런 게 아닐까 하는 생각이 들 정도였다. 출근하자마자 화장실 청소를 하는 데에도 전혀 거리낌이 없었고, 오히려 나의 청소 덕분에 깨끗해지는 것이 더 신났다. 그리고 함께 일하는 간호사 선생님들과 원장님께서 주신 용돈으로 간식을 사 먹는 재미도 쏠쏠했고, 가끔은 의류 쇼핑몰에서 함께 옷을 구매하기도 하면서 더욱더 친해졌다. 그렇게 간호사로 일하는 것에 즐거움과 자신감을 더해갔다.

　그리고는 좀 더 큰 규모의 종합병원 응급실에 도전했다. 처음부터 응급실에 지원한 것은 아니었지만, 응급실로 발령이 났다. 응급실이라는 곳이 살짝 두렵기도 했지만 다양한 것을 접해 볼 수 있다는 설렘도 함께 가져다주었다. 응급실 특성상 외상 환자가 많았고 그래서 피를 보는 일이 많았다. 어릴 때부터 피를 무서워하던 나는 그런 환자를 볼 때마다 1초 정도는 머뭇거리기도 했지만 결국은 직접 드레싱도 하고 주사도 놔주었다. 정말 하면 할 수 있다는 것을 실감하는 순간이었다. 사망 환자를 접한 날은 그 이후 며칠간은 밤잠을 설치기도 하고 피비린내를 맡으면 구역질이 나기도 했지만, 시간이 지나면서 점점 적응했다. 응급실에서의 1년간의 시간은 나에게 있어서 정말 인간 승리의 시간이었다. 또한, 간호사로서 많은 것을 배울 수 있는 시간이기도 했다. 간단한 상처 드레싱부터 응급카트 정리, CPR까지 간호사라면 알아야 할 중요한 간호 기술을 배우는 기회였다. 이러한 경험이 훗날 병원 생활에도 많은 도움이 되었다.

그리고 그 이후에 대학병원에 다시 입사할 기회가 주어졌다. 그렇게 다시 대학병원 간호사로 일하게 되었다. 준비된 자에게는 다시 기회가 주어진다는 말을 실감했다. 한 번의 실패가 있었기에 다시 일하게 되었을 때는 매일 스스로를 다독이며 출근했다. 잘할 수 있다는 생각만으로 항상 스스로 칭찬하고 격려해 주었다. 그동안 다양한 곳에서의 경험이 있었기에 경험을 바탕으로 잘 적응해 나갔다.

처음과 달라진 것은 환경이 아니라 나의 마음가짐이다. 대학병원이 아닌 곳에서는 일하는 환경이 대학병원보다 못했지만 즐거운 마음으로 일했기에 더 행복했다. 그러한 것을 경험으로 깨달으면서 다시 대학병원 간호사로 일하게 되었을 땐 좋은 마음을 가지려고 힘썼다. 좋지 않은 생각을 품기보다는 좋은 생각을 가지려고 애썼고, 상처받은 날엔 집에 들어가기 전에 힘든 마음을 모두 풀고 들어갔다. 집과 거리가 멀어서 퇴근길에 졸면서 다 잊기도 하고, 때로는 서점이나 애견샵에 들러 구경하면서 힘든 생각들을 떨쳐 버렸다. 그러면서 어느덧 대학병원에서 4년 반 동안 일하게 되었다.

이렇게 내성적이며 피를 무서워하던 내가 간호사로의 삶을 살아 내었다. 주변 사람들의 걱정 속에서 스스로 할 수 있을 것이라며 도전을 했고, 남들만큼은 아니지만, 나만의 속도로 조금씩 극복해 나갔다. 하겠다는 마음을 먹고 조금씩 도전했기에 이룰 수 있었다고 생각한다.

이렇듯 못할 것 같은 일도 해낼 수 있음을 20대의 수많은 흔들림 속에 깨달았다. 처음의 실패감과 좌절감, 그리고 많은 이직들이 있었지만 그러한 경험을 통해 나는 마음가짐이 중요함을 배웠다. 그렇기에 그 모든 경험은 소중하다. 그러한 경험이 없었더라면 나는 간호사로서 꽃피우지 못했을지도 모른다.

"저는 한 번도 '힘들다. 외롭다'라고 생각한 적이 없었습니다. 스스로 힘들다고 생각하면 나약해집니다. 의지가 강하면 어떤 어려움도 이겨낼 수 있습니다. 비록 지금 경제적으로 어렵다 하더라도 어떻게 받아들이고 사느냐가 중요합니다. 저는 늘 자신감으로 버텨왔습니다. 여러분도 항상 자신만만한 자세를 가지세요. 자신과의 싸움에서 이기는 자만이 세상에서 승리할 수 있습니다."

섬 소년에서 아메리칸 드림을 실현해 대한민국의 자랑이 된

프로골퍼 최경주가 한 말이다.

　세상에는 '할 수 없는 일'은 없는 것 같다. 다만 '할 수 없다 생각하는 내'가 있을 뿐이다. 이루고 싶은 목표가 있는가? 그렇다면 할 수 있다고 외쳐 보라. 그리고 도전해 보라. 그것이 몇 년이 걸릴지라도 할 수 있다는 마음만 있다면 이루어질 것이라고 믿는다. 자신과의 싸움에서 당당히 승리할 당신의 꿈을 응원한다.

어디에서
일하느냐보다는
마음가짐이
중요하다

나의 사회 초년생 시절, 처음 입사한 대학병원이 가장 좋은 병원이라는 소문을 듣고 갔지만, 막상 가보니 나에게는 그렇지 않았다. 주변의 소문 때문에 기대치가 높아서 그런지 직접 현장에서 일해 보니 어떤 면이 좋다는 건지 도통 이해가 가지 않았다. 그러면서 나는 그 일을 하는 데 어려움을 겪었다. 생각보다 일하기 좋지 않은 환경에, 마음조차 빨리 열리지 않아서 동료 간호사들과 빨리 친해지지 못했다. 동료들과 인간관계가 되지 않으니 일하는 내내 불편하고 어색하기만 했고, 그러다 보니 일하기가 싫었다. 게다가 싫은 소리 하나 들어도 병동 내 간호사들이 다 나를 싫어하는 것만 같았다. 마음이 그렇게 부정적이다 보니 환자들을 대할 때도 밝지 않은 표정으로 대해야 했고, 신규임을 아는 환자들은 나를 감시하는듯했다. 그러한 악순환 끝에 결국은 사직을 택했다. 그때는 '분명 여기보다 더 나은 직장이 있다'라고 생각했다. 그리고 나와 병원은 맞지 않으니 차라리 공부해서 보건교사를 하는 게 낫겠다는 생각이 들었다.

그렇지만 막상 보건교사 공부도 쉽지는 않았다. 그리고 대학병원에서 힘든 시기를 이겨내지 못했다는 좌절감이 찾아왔고, 모든 일에 자신감을 잃었다. 그래서 자신감을 회복하기 위해서라도 병원에서 딱 1년 만이라도 일해보자고 스스로 마음을 다독였다. 하지만 그때는 대학병원이라는 곳이 너무 두렵게만 느껴져서 작은 규모의 병원을 찾았다. 그리하여 동네의 한 안과 의원에서 일을 시작하게 되었다.

대학병원과는 달리 가족적인 분위기에 칭찬을 아끼지 않는 원장님 덕분에 일하는 데 쉽게 적응할 수 있었다. 한 번의 실패의 경험에서 배운 것이 있었기에 마음가짐 또한 달랐다. 그어느 때보다 적극적으로 배웠다. 메모지를 들고 따라다니며 적기도 하고 질문도 하면서 말이다. 대학병원에서의 소극적이었던 모습과는 완전 다른 나의 모습이었다. 그렇게 배우려고 마음먹으니 일하는 데 더욱더 활기차고 성취감도 생겼다.

안과라는 분야는 시력이 나쁜 나에게 배울 것들이 많았다. 예전엔 환자의 입장에서 안과를 다녔기에 그때 들었던 용어들이 무슨 뜻인지 제대로 알지 못했지만, 안과에서 일하면서 그제야 이해되기 시작했다. 또 원장님이 환자들에게 설명하는 내용을 들으며 나에게도 적용해 볼 수 있어서 좋았다.

안과에서는 수술을 하는 경우도 많아서 수술 어시스트도 배웠다. 간단한 백내장과 라식, 라섹 수술 어시스트를 배웠는데 수술 기구와 수술 과정을 외우고 이해하는 게 신기하면서도 재미있었다. 특히 수술 과정을 미리 숙지하고 원장님의 수술 과정에 일조한다는 자부심도 느꼈다. 다음엔 무엇을 할지 예측하고 그때 쓰이는 기구를 원장님 손에 전달했을 때의 쾌감은 진짜 이루 말할 수 없었다.

사실 안과 수술은 생명에 지장을 주는 큰 수술은 아니었지만, 나는 그 일에서 큰 성취감과 자부심을 느꼈고 그것이 일하는 데에 기쁨과 보람을 느끼게 해 주었다. 겉으로 보기엔 작아 보이는 규모였지만, 거기서 배우고 느끼는 것은 그 어느것보다 컸기 때문이다.

그렇게 성장하면서 더 큰 것에 도전하고 싶었다. 그리고 도전한 곳은 종합병원 규모의 큰 병원이었다. 간호사에 대한 자신감은 회복했지만, 대학병원 트라우마가 있었기에 대학병원에 가기는 쉽지 않았다. 그래서 종합병원에 한 번 도전해 보자는 생각을 했다. 그리하여 가까운 병원에 입사하게 되었다. 처음엔 병동인 줄 알고 갔지만, 응급실로 발령이 났고, 얼떨결에 응급실 간호사로 일하게 되었다.

응급실이라는 곳이 두렵기도 하고 설레기도 하는 양자의 감정을 안겨다 주었다. 다양한 것을 배울 수 있겠다는 설렘도 있었지만, 생명을 다루는 곳이라 긴장을 늦출 수 없다는 두려움도 마음속에서 올라왔기 때문이다. 그렇게 시작한 응급실에서의 근무는 다행히도 동기가 2명이나 있었기에 많은 도움을 받았다. 인계 타임에 커피 타는 소소한 팁까지 전수받으며 응급실 간호사로 적응해 나갔다.

응급실의 특성상 밥은 제시간에 못 먹기 일쑤였고, 언제 어떤 환자가 올지 모른다는 것이 압박이었다. 그렇다 보니 일한지 6개월쯤 되었을 땐 첫 입사 때 입은 근무복 바지에 주먹이 왔다 갔다 할 정도로 살이 빠졌다. 또 마음이 급해서 밥도 10

분 내로 해결해야 했고, 2층에 있는 검사실엔 숨이 찰 정도로 뛰어갔다 오는 일이 비일비재했다.

밥 한 끼만 먹지 않아도 사람이 살 수 없을 것이라는 생각을 가지고 살았던 나에게 밥을 먹지 않고도 일 할 수 있음을 깨닫게 해준 곳이기도 하다. 근무하는 8시간 내내 바쁜 날엔 밥도 못 먹고 인계 때 마신 믹스 커피 한 잔의 힘으로 일할 때도 많았다. 하지만 일하는 내내 긴장하고 뛰어다닌 탓에 배고픈 줄도 몰랐다. 한 번은 화장실 가는 타이밍을 놓친 채 계속 일을 했다. 다리를 꼬아가며 있다가 결국 같이 일하는 선생님께 부탁하고 다녀와야 했다.

열악한 환경에서 힘들게 일을 했지만, 간호사로서 많은 것을 배운 곳이 바로 응급실이다. 게다가 응급실에서만 배울 수 있는 다양한 응급처치, 외상 드레싱, CPR 간호 등은 지금까지도 간호사로서 많은 도움이 되고 있다.

많은 것을 배우고 성장한 것은 분명하지만, 매일 긴장하고 일한 탓에 스트레스가 많았다. 또 드렁큰(술 취한 환자) 환자를 상대하는 것, 상처의 피를 보는 것도 조금씩 힘들어졌고, 결국은 입사 전 마음먹은 1년을 채운 뒤 퇴사했다.

그리고는 운 좋게 경기도의 모 외고에서 보건교사 겸 보건사감으로 일하게 되었다. 저녁 시간에는 보건실 업무를 보고 밤에는 기숙사에서 학생들의 건강과 안전을 돌보는 것이다. 그렇게 원하는 학교에서의 근무였음에도 타지에서 일하는 것이라 그런지 외로움도 많았고 일하는 데 편하지 않았다.

　　그전에는 응급실이라는 곳에서 바쁘게 뛰어다니며 일하다 보건실에서 앉아서 일을 하니 적응이 쉽지 않았다. 몸은 편했지만, 마음은 뭔가 불편했다.

　　하지만 응급실에서 배운 상처 드레싱은 보건실 업무에 많은 도움이 되었다. 그리고 학생들과 이야기하며 소통하는 것은 또 다른 즐거움이었다. 병원에서는 늘 환자들의 찡그린 얼굴과 보호자들의 컴플레인(불만)만을 들었는데, 학교에서는 학생들의 밝은 표정과 인사, 그리고 활기찬 학생들의 대화를 들으니 덩달아 나도 기분이 좋아지곤 했다.

　　하지만 일을 하면서 내가 원한 보건교사가 맞는지 다시 생각해보게 되었다. 그저 편하다고 좋아한 것은 아닌지, 정말 원하는 삶은 무엇인가에 대해서 말이다. 학교에서의 일이 편하다고 모두가 동경한다. 하지만 막상 가보니 그 안에서도 또 다른 고충이 있다. 병원은 수많은 의료진이 함께 협력해서 환자를 돌보지만 학교는 오직 나 혼자 해결해야 한다는 부담감이 있다. 학교 역시 응급실처럼 언제 어떤 사고가 발생할지 예측할 수 없고, 또 그런 사고 발생 시 보건교사의 판단하에 빠른 처치가 이루어져야 한다. 3교대를 하지 않는 장점도 있지만, 때로는 책상에 가만히 앉아 있는 것이 불편하기도 했다. 익숙해지면 괜찮겠지만 말이다.

그래서 겉으로 보고 무조건 좋다고만은 할 수 없다는 것을 깨달았다. 무엇을 선택하든 그곳에서 내가 얼마나 성장하는지, 그리고 내가 즐겁게 일할 수 있는지가 더 중요한 것이 아닐까 생각했다.

그렇게 학교에서의 간호사로 적응해 갈 때 대구의 대학병원에서 간호사를 대거 모집하는 공고가 났고, 그 기회로 다시 대구로 돌아왔다. 그리고 대학병원에 입사하는 기회도 얻었다. 처음의 트라우마를 이겨내고 다시 대학병원에 입사하기까지 4년이 걸렸다. 하지만 그 모든 것을 후회하지 않는다. 그 과정에서 정말 배운 것이 많고 성장했기 때문이다. 그리고 그 많은 경험이 없었더라면 다시 재도전한 대학병원에서 4년 넘게 일하지 못했을 것이다.

　4년 동안 다양한 곳에서 일하면서 깨달은 것이 있다. 그것은 바로 어디에서 일하느냐가 중요한 것이 아니라 어떤 마음가짐으로 일하느냐가 중요하다는 것이다. 남들이 부러워하는 대학병원에서는 행복감 없이 일했고, 매일 매일이 지옥 같았다. 하지만 동네의원에서 일할 때는 비록 작은 규모이기는 했지만, 느끼는 성취감은 대학병원에서 일할 때보다 컸다. 그래서 매일 즐겁고 화장실 청소를 해도 의미가 있었다.

　김상운 작가의 『왓칭』에 한 여류작가의 이야기가 나온다. 그녀는 작가가 되기 전 군인 남편을 따라 캘리포니아 주 모하비 사막 훈련소로 가게 되었다. 남편이 직장에 나가면 그녀는 섭씨 45도를 오르내리는 무더위 속에 혼자 오두막집에 남았다. 시도 때도 없이 모래바람이 불어 닥쳐 입안에 모래알이 씹히고, 해 둔 음식은 금방 쉬어버렸다. 게다가 뱀과 도마뱀이 집 주변에 기어 다녔다. 결국, 그녀는 몇 달 만에 우울증에 빠졌다. 그리고 마침내 고향 부모에게 이렇게 하소연했다.

　"더 이상 못 견디겠어요. 차라리 감옥에 가는 게 나아요.

정말 지옥이에요."

그러나 아버지가 보낸 답장에는 다음의 두 줄만 적혀 있었다.

"감옥 창살 사이로 밖을 내다보는 두 죄수가 있다. 하나는 하늘의 별을 보고, 하나는 흙탕길을 본다."

이 두 줄의 글이 그녀의 인생을 바꿔 놓았다. 그녀는 기피했던 인디언들과 친구가 되었고, 그들로부터 공예품 만드는 기술과 멍석 짜는 기술을 배웠다. 또한, 사막의 식물들도 자세히 관찰했다. 선인장, 유카 식물, 여호수아 나무 등, 살펴보니 너무나 매혹적이었다. 사막의 저녁노을에도 신비한 아름다움이 숨겨져 있었다. 그녀는 발견한 새로운 세계의 기쁨을 책으로 펴냈다. 사막을 배경으로 한 소설가로 변신한 것이다.

"사막은 변하지 않았다. 내 생각만 변했다. 생각을 돌리면 비참한 경험이 가장 흥미로운 인생으로 변할 수 있다는 걸 깨달았다."

그녀가 바로 미국의 델마 톰슨이다.

나의 인생에서도 흙탕길을 볼 것인가, 하늘의 별을 볼 것인가. 우리에게 주어진 환경은 변하지 않는다. 변하지 않는 환경에서 바꿀 수 있는 것은 오직 '내 생각'이다. 그렇기에 어디에서 일하는 것은 중요하지 않다. 다만 어디서든 '어떻게' 일하는가가 더 중요하다. 이제부터라도 각자의 현장에서 하늘의 별을 보기를 바란다. 아무리 사막 같은 곳일지라도 자세히 들여다본다면 그곳의 아름다움을 발견하게 될 것이다.

나는 지금
간호사가 된 것을
후회하지 않는다

내가 간호사로 일하면서 많이 힘들어하는 모습을 본 지인들은 간호사를 선택한 것을 후회하지 않느냐는 질문을 종종 한다. 지금에 와서야 정확히 답을 해줄 수 있다. 학생 간호사 시절, 신규 간호사 시절, 수많은 찰나에 괜히 간호학과를 선택했다고, 간호사가 되려고 했다고 후회하던 순간이 있었다. 하지만 지금은 오히려 잘 선택했다는 생각이 든다.

간호사라서 할 수 있는 것들이 점점 많아지고 있다. 지금도 지나간 힘든 시절을 떠올리면 다시는 경험하고 싶지는 않지만, 간호사 면허증 하나를 바라보고 있으면 저절로 흐뭇해지곤 한다. 왜냐하면, 간호사라는 이름으로 할 수 있는 일들이 많기 때문이다.

간호사는 전문직이라 정년이 보장되어 취업 걱정이 적다. 물론 중소병원에서는 간호사가 부족한 인력난을 겪고 있다고 한다. 그만큼 일자리는 많은 편이다. 하지만 3교대라는 업무 환경과 일의 난이도에 따라 근무 복지가 달라진다. 그러다 보니 간호사들이 더 좋은 환경을 찾아 이직하기도 한다. 그리고 결혼과 육아로 잠시 병원을 떠나는 경우도 있다. 하지만 다른 사무직에 비해 결혼과 육아에 큰 영향 없이 일할 수 있는 것이 간호사라고 생각한다.

육아와 일을 병행하기에 3교대가 힘들면 육아휴직을 해도 되고, 3교대 하지 않는 곳에서 일해도 된다. 그만큼 급여는 3교대에 비해 작아질 수 있음을 감안해야 한다. 또 결혼과 육아로 잠시 간호사의 일을 쉬더라도 다시 병원에서 일할 수 있다. 특히 요즘은 요양병원이 늘어나서 고령 간호사도 많이 채용하는 편이다.

간호사 채용 관련 사이트를 보면 간호사를 채용하는 병원은 많다. 게다가 요즘은 나이트 전담, 이브닝 전담 등 3교대에 부담을 느끼는 사람들을 위해 선택적 근무를 하기도 한다. 특히, 나이트 전담은 낮에는 공부하고 밤에는 일하기를 원하는 젊은 간호사들에게 인기가 많다고 한다. 물론 일하는 환경과 급여는 병원마다 다르겠지만, 자신의 눈을 조금 낮춘다면 일할 수 있는 병원은 많은 편이다.

또한, 간호사 면허증으로 연구 간호사나 제약회사 연구직으로 취업이 가능하다. 그리고 요즘 많은 취준생이 올인하는 공무원에도 간호사는 간호직 공무원에 지원할 수 있다. 간호직은 9급이 아닌 8급으로 시작한다는 이점도 있다. 또 보건직에 지원할 경우 간호사 면허증을 가지고 있으면 가산점을 받게 된다.

대학에서 교직 이수를 하게 되면 보건교사 자격증이 나오고 임용고시에 응시할 수 있는 자격이 주어진다. 이렇게 할 수 있는 길이 다양하다. 보건교사도 우리가 보통 알고 있는 보건실에서 응급처치를 하는 보건교사 외에 특성화 고등학교에서 보건과 관련된 과목을 가르치며 간호조무사 과정을 교육하는 보건교사도 있다.

대학 시절엔 그저 병원에서 일하는 간호사가 다인 줄 알았지만, 사회에 나와서 보니 다양한 분야에서 일할 수 있음을 깨닫게 되었다. 그래서 간호사라는 직업이 매력적으로 느껴졌다.

그리고 더 나아가 미국 간호사의 길도 있다. 한국보다 간호 사에 대한 대우가 좋기로 유명한 미국 간호사는 연봉이 억대를 넘나든다고 하니 도전해 볼 만하다. 그러기 위해서는 간호 대학 시절부터 영어공부를 꾸준히 해야 한다. 미국 간호사 시험에 합격하더라도 외국인들과 회화 실력이 좋지 않으면 미국 에서 간호사 생활하기 힘들기 때문이다. 때로는 부족한 영어 실력 때문에 오해를 받기도 하고 잘못을 뒤집어쓰기도 한다. 그렇지만 한국인만의 성실한 근성 덕분에 열심히 미국 간호사로 생활하시는 분들도 많다.

또한, 간호사로 해외 의료봉사도 가능하다. 봉사에 관심이 많던 시절엔 온갖 봉사활동을 검색하곤 했다. 그때 '비전케어'와 '코이카'를 발견했다. 비전케어는 안과 의사들과 함께 하는 봉사활동으로 백내장 수술을 하러 개발도상국으로 떠난다. 좋은 점은 4박 5일 등 짧은 시간에 다녀올 수 있는 봉사활동 이라는 점이다. 게다가 안과에 근무하고 있다면 봉사활동을 가서도 자신의 실력을 발휘할 수 있다는 장점이 있다.

반면 코이카는 국제협력단으로 규모가 조금은 큰 편이다.

해외 파견 기간은 대부분 2년 정도로 장기 파견이고 간호사 뿐 아니라 다양한 전문 분야의 사람들과 함께 각 나라로 파견된다. 파견 국가는 대부분 개발도상국이고 하는 일도 분야별로 다르다. 하지만 장기 파견인 만큼 그곳에서 더 많이 배우고 성장할 수 있을 것이다.

이렇게 간호사라는 이름 하나로 세계로까지 뻗어 나갈 수 있다. 그것은 자신이 꿈꾸는 만큼 가능하다고 믿는다. 그렇기에 자신의 현재 위치가 무엇이든지 현재를 열심히 살고 미래를 꿈꾼다면 분명히 이룰 수 있다.

나 역시 간호사로 첫걸음을 내디뎠을 때의 힘들었던 경험이 있지만, 다시금 도전하고 노력하여 지금의 자리에까지 이르게 되었다. 오히려 나처럼 힘들어할 간호사들을 위해 간호사를 위한 간호사로 이렇게 책을 쓰고 있다. 지금 당장 힘들더라도 정말 멋진 직업을 가졌다는 자신감으로 다시 일어서길 응원한다. 앞으로 무한한 가능성이 있기 때문이다.

2

간호사가
되기 위한 첫걸음,
학생 간호사

여기가
간호대야?
군대야?

"안녕하십니까?"

목소리가 터지라고 외치던 학기 초의 살벌함이 옅어져 가고 대면식의 공포도 잊혀 갈 때쯤 또다시 무시무시한 행사가 찾아왔다. 그것은 바로 체육대회. 체육대회가 왜 무시무시한 행사냐고 묻는 독자들도 있겠지만, 지금도 생각하면 고개가 절로 저어진다. 다른 과에서는 체육대회는 그저 즐기는 행사겠지만, 간호과와 유아교육과 만큼은 피 터지는 전쟁이기 때문이다. 1위를 차지하기 위한 그야말로 여자들의 전쟁이다. 그래서 체육대회를 한 달 앞두고는 매일 매일이 유격훈련이다. 2학년 선배들이 각자 맡은 종목의 대표 선수를 선발해서 집중 훈련을 시작한다.

달리기에 자신이 있던 나는 늦다리밟기 선수로 선발되었고, 매일 허리를 숙이고 달리고를 반복하는 훈련에 돌입했다. 가장 몸무게가 작게 나가는 친구는 달리는 선수가 되어 우리들이 허리를 숙여 만든 다리를 밟고 계속 달려야 한다. 가장 빠르게 그리고 넘어지지 않게 결승점에 들어가야 한다. 밑에서 다리가 되어야 하는 선수들은 모두 매일 단거리 달리기 연습을 했다. 미끄러운 운동장에서 자주 미끄러졌던 나는 비 오는 날까지도 연습을 했다. 비를 맞으며 달리기 연습을 한 날은 집에 돌아오자마자 엄마 앞에서 엉엉 울었다.

"엄마, 난 간호대를 왔는지 군대를 왔는지 모르겠다. 군대도 이렇게 훈련을 거세게는 안 하겠지? 내 다리에 핏줄 다 터졌다. 아, 진짜 못하겠다."

그렇게 엄마 앞에서 엉엉 울면서 투정부리곤 했다. 허벅지와 무릎 뒤의 실핏줄들이 터져서 다리에 온통 멍이 들기 시작했고, 근육통 때문에 걷기조차 힘들 지경이었다. 이렇게 아프면 쉬게 해줄 법도 한데, 전혀 그렇지 않았다. 오히려 더 힘들게 연습시키는 선배들이 야속하기까지 했다. 처음에는 이기면 좋겠다는 마음도 있었지만, 너무나 힘든 훈련에 왜 이렇게까지 해야 하는지 이해가 되지 않았고, 반발심이 생기기도 했다.

운동선수로 발탁되지 않는 대부분의 많은 동기는 자동으로 응원단이 되었다. 그래서 목이 터져라 매일 응원가를 외우고 응원 동작도 외워야 했다. 몇십 명의 응원단원의 목소리가 한 목소리로 크게 나야 했고, 동작 또한 칼군무가 되도록 연습을 해야 했기에 응원을 한다고 쉽게 봤던 친구들도 다들 푸념을 늘어놓기 시작했다.

"목이 다 쉬어서 체육대회 당일엔 목소리도 안 나오겠다."

"응원을 꼭 이렇게까지 연습해야 하는 건가?"

운동선수도 응원단도 어느 하나 쉬운 게 없었다. 그렇게 동기들은 서로 격려하며 때로는 모여서 선배들 뒷담화를 하면서 다독여 갔다.

그렇게 한 달간의 체육대회 준비 기간이 끝나고 드디어 체육대회 당일이 되었다. 피 터지게 연습한 탓인지, 당일 간호과 모두의 모습은 비장했다. 지난 한 달 동안 여자가 아닌 여군처럼, 여자다움을 버리고 빗속에서 연습한 우리들은 꼭 이기고야 말겠다는 강한 의지가 생겼다. 그리고 그 속에서 우리도 알게 모르게 동기애라는 것이 싹트기 시작했다.

진짜 하나가 되어 응원하고 달리던 우리들은 정말 종합 1등을 하는 줄 알았다. 하지만 아쉽게도 종합 2등에 그쳤다(경기마다 종목별 1위는 있었다). 아쉬움이 컸지만, 열심히 했다는 걸 우리들은 누구보다 잘 알기에 서로 다독여주며 훈훈하게 마무리 지었다. 2등을 하는 순간 아쉬움도 컸지만, 두 번째로 드는 생각은 선배들에게 '혼나지 않을까'라는 두려움이었다. 하지만 최선을 다해 준 우리들에게 오히려 잘했다고 격려해 주었다. 그때 더 놀랐다. 그 격려 속에서 무섭기만 하던 선배의 마음속에도 따뜻한 정이 있다는 사실을 알았기 때문이다. 그리고는 운동장 한중간에서 간호과 막걸리 파티가 이어졌다. 큰 주전자에 막걸리 및 그 외 다른 모든 것들을 한데 섞어서 모두에게 한 잔씩 돌렸다. 그리고는 원 샷을 외쳤지만, 우리는 모두 한 달 내내 우리를 혹독하게 가르쳐 준 선배들에게 달려가 막걸리를 들이부었다. 그러면서 그동안의 쌓아둔 가슴 속 상처도 씻었다고나 할까.

체육대회의 혹독한 연습 때문에 매년 논란이 많았다. 그 후 내가 2학년이 되어 선배 노릇을 할 수 있을 때는 후배님들의 강한 저항 덕분에 우리는 적당히 연습하는 데 그쳐야 했다. 교수님들까지 연습 시간은 6시를 넘기지 말라고 당부하셨다. 또한, 무리한 연습이 오히려 역효과를 낳을 수 있을 것이라는 동기들의 생각도 있었다. 하지만 아쉬워하는 동기들도 많았다. 이러한 상황을 모르는 동기들은 우리가 받은 데로 다 돌려주는 못하는 현실에 안타까워하기도 했으니 말이다. 왜 우리는 당할 때는 그렇게도 싫어하다가 막상 돌려줄 때가 되면 받은 데로 돌려주고 싶을까? 어쨌든 체육대회의 결과는 당연히 즐기는 데에 만족해야 했다.

간호대학 시절을 떠올리면 지금도 잊지 못하는 것이 바로 대면식과 체육대회이다. 그만큼 가장 크게 고생하고 눈물을 쏟았던 기억들이기 때문이다. 그 일들을 겪을 당시엔 모든 것을 포기하고 싶을 만큼 힘들었다. 특히 체육대회를 준비하면서는 체육대회가 끝나면 나는 세상의 어떤 일도 다 해낼 수 있을 것 같은 생각이 들었다. 그만큼 무시무시하고 큰 산이었다. 운동이라고는 해본 적 없는 내가 비 오는 운동장에서 먼지 나도록 달렸으니 말이다.

하지만 신기하게도 그 힘들 것 같은 일을 겪고 나니 단단해진 것은 사실이다. 울보인 내가 선배 앞에서, 동기들 앞에서 울면서도 그 일들을 다 이겨냈다. 그러면서 동기들과의 끈끈한 정이 생겼고, 한 가지 목표를 향해 열심히 준비하는 것이 어떤 것인지, 또한 치열하다는 것이 어떤 의미인지 조금이나마 알게 되었다. 그리고 더 나아가서는 병원 생활에서 필요한 '깡'이라는 게 어떤 것인지도 알게 되었다. 다시는 경험하고 싶지는 않지만, 나의 한계를 깬 하나의 경험으로 기억하고 싶다. 무엇인가를 향해 끊임없이 노력하고 함께했던 동기들과 함께 말이다.

어떤 경험이든지 그것을 통해 하나라도 배우면 그것은 성공한 것으로 생각한다. 대학생 시절엔 체육대회 준비가 그저 쓸데없이 무리한 경험이라고만 여겼다. 하지만 졸업한 지 8년이 지난 지금에서야 그 속에서 무엇을 배웠는지 깨닫게 되었다. 이제는 쓸데없는 경험이 아니라 또 하나의 '나를 성장시켜 준 경험'이다.

대학의
낭만은
이미 저 멀리

누구나 꿈꾸는 자신만의 대학 생활이 있다. 한쪽 팔에 전공서적을 끼고 예쁜 스커트를 입고 대학 캠퍼스를 거닐면 어느 멋진 남자가 나에게 말을 건네줄 것 같다. 줄줄이 잡힌 미팅 스케줄에 주말이 오히려 더 바쁘다. 내가 원하는 과목을 수강 신청하여 재미있게 공부한다. 어려운 과제는 드라마 속에 나오는 '선배'라는 존재가 다 해결해 준다. 이것이 내가 꿈꾸던 대학 낭만이다. 하지만 간호대학 입학을 하자마자 첫날부터 상상은 다 깨졌다.

간호과 첫 입학을 하고 수강 신청을 하는 날이었다. 강의실에 다 모인 우리는 칠판을 쳐다보며 수강신청을 했다. 수강신청이랄 것도 없었다. 칠판에 이미 우리가 들어야 할 과목이다 나열되어 있고, 시간표까지 나와 있었다. 그냥 그대로 베껴 적으면 수강 신청은 끝이다. 게다가 반 배정도 이름순으로 다 짜여 있다. 모든 것이 고등학교 생활과 오버랩 되었다. 여중, 여고, 여대가 따로 없음을 첫날부터 느낄 수 있었다.

그렇게 시작된 대학생활은 시작부터 빡빡했다. 지금은 간호 대학이 대부분 일원화가 되어 4년제가 되었지만 내가 다닐 당시 3년제였던 간호과는 4년제 간호학과와 똑같은 국가고시를 치러야 했기에 1학년부터 빡빡한 일정이 시작되었다. 남들이 4년에 하는 것을 우리는 3년 안에 끝내야 했기 때문이다. 그래서 1학년부터 전공을 듣기 시작한다. 기본간호, 해부학, 생리학 등 간호사로서 알아야 할 기본적인 지식을 배우는 과정은 국, 영, 수만 배우던 고등학교 때와는 다른 설렘이 있었다. 이미 간호사가 된 기분이었고, 의학용어를 배우면서는 지금이라도 당장 병원에 가서 의사와 대화를 할 수 있을 것 같은 생각도 들었다.

새로운 것을 배운다는 설렘도 잠시, 하루가 멀다고 찾아오는 오럴 테스트의 압박이 시작되었다. 특히 해부학은 본(Bone) 아저씨를 세워두고 그 앞에서 교수님이 가리키는 뼈의 해부학

적 용어를 말해야 한다. 이러한 오럴 테스트는 한 학기 내내 실시되었다. 그래서 친구들끼리 만나면 서로 뼈를 가리키며 해부학 용어를 줄줄 외우곤 했다.

TV에서나 보던 땡땡이는 생각할 수도 없다. 대학성적이 취업과 바로 직결되기 때문이다. 그래서 어느 누구 하나 지각도 잘 하지 않는 그야말로 고등학교였다. 강의 시작과 동시에 출석을 부르시는 교수님, 매시간마다 쪽지 시험, 매주 찾아오는 오럴 테스트, 정말 고3 수험생 같은 기분이 들었다. 성적이 취업에 바로 영향을 주다 보니 친구들끼리도 경쟁이었다. 누군가 대출(대리출석)을 해준다는 건 생각할 수도 없고, 스스로 열심히 해 나가야 하는 분위기였다.

그리고 더더욱 힘든 건 교수님들의 잔소리다. "외국어 공부를 해라", "성적을 잘 받아라", "운동을 해라" 등 수업 시간마다 교수님들의 잔소리로 시작된다. 지금에 와서야 돌이켜 보면 다 피가 되고 살이 되는 말씀이었음을 깨닫는다. 하지만 그때는 그런 잔소리가 전혀 우리 귀에 들리지 않았다. 그저 듣기 싫은 소리에 불과했다.

'그때 교수님 말씀대로 외국어 공부를 열심히 했더라면 지금은 더 좋은 곳에서 일하고 있겠지'라고 후회하고 있을 동기들도 몇몇 있을 것이다. 지금 이 책을 읽고 있을 독자들도 아마 공감하는 부분이 클 것이라 생각한다. 특히 나는 외국어 공부에 공감하는 바가 크다. 그 당시에는 병원 취업에 영어가 차지하는 비율이 낮았다. 아니 없었다고 해도 된다. 하지만 점차 영어 성적을 보는 대학병원이 늘어났다. 지금은 대부분의 대학병원이 영어 성적을 본다고 생각하면 된다. 그래서 1학년 때 교수님 말씀에 귀 기울인 친구들은 영어 성적 덕분에 학기 성적이 조금은 덜 나와도 성적만 좋은 친구들보다 더 좋은 곳에 취업해서 지금도 열심히 일하고 있다. 특히 병원이 아닌, 연구소, 제약회사 등 3교대를 하지 않고 일하는 곳에 가려면 영어가 필수이다.

1학년 때부터 전공 공부를 시작하여 1학년 겨울 방학부터 병원실습을 나갔다. 방학마다 해외여행을 가는 것은 꿈도 못 꿀 일이다. 하지만 부지런한 친구들은 그 바쁜 일정 중에도 여행을 가는 친구도 있었다. 지금 생각하니 참 대단하다는 생각이 든다. 어쨌든, 병원 실습을 하느라 방학을 다 보내고 나면 2학년이 된다. 2학년 때는 학기 중에 실습과 수업을 병행한다. 그야말로 지옥학기가 시작된다. 이 병원, 저 병원 부서별로 실습지를 돌면서 실습을 하느라 하루가 어떻게 흘러가는지 모른다. 그리고 그 와중에 성적을 잘 받기 위해 열심히 공부해야 한다. 그리고 모든 전공은 3학년 말에 국가고시 시험과목이므로 시험을 쳤다고 잊어버려서는 안 된다. 3학년 때 다시 공부해야 하기에 처음부터 탄탄히 공부해야 한다.

그렇게 바쁜 일정을 보낼 때는 다른 과에 다니는 친구들이 부럽기도 했다. 그래서 친구들을 만나면 이렇게 말하곤 했다.

"나도 그냥 아무 대학이나 4년제 갈 걸. 학교 일정이 너무 힘들다. 너희들이 부러워."

"야, 너는 그래도 앞으로 할 일이 정해져 있잖아. 우리는 이제 졸업하면 앞으로 뭐할지 고민해야 한다. 전공도 써먹을 수 있고 할 일이 정해져 있는 네가 더 부럽다."

친구의 이야기를 듣고 갑자기 뜨끔했다. 그렇지. 나 역시 간호과의 미래를 보고 왔는데 현실이 힘들다고 투덜대고 있었다. 어쩌면 행복한 투정이었을까. 아무리 힘들어도 우리의 미래엔 간호사로서의 삶이 보장되어 있다. 물론 자신이 열심히 한다는 보장 하에 그렇지만 말이다.

그렇게 3학년이 되고 간호사 국가고시를 앞둔 2학기엔 야간 자율학습도 하게 된다. 고3 이후엔 절대 마주치지 않을 것 같던 야간자율학습이 대학교 졸업반에 찾아오다니. 6시에 모든 학교 일정을 끝내고 저녁을 먹고 7시부터 10시까지 대학 도서관에서 야간 자율학습이 시작된다. 각반 과대 및 부과대가 출석체크를 하고 자유롭게 공부를 하다 가면 된다. 처음엔 강압적인 것에 다들 거부반응이었지만, 국가고시가 다가오고 있었기에 다들 잘 참여하여 열심히 공부했다. 물론 도서관 복도와 로비에서 서로 인생 상담하는 시간이 더 많기도 했다.

고등학생 때 꿈꾸던 대학의 낭만은 없지만, 지금까지 간직하는 대학의 추억은 있다. 3년 내내 같은 반을 하며 생겨버린 정, 낯설고 힘든 실습지에서 만났을 때의 반가움, 혹독한 체육대회 준비에 생겨버린 동기애가 바로 대학 3년이 낳은 추억이다.

지금은 어느 대학을 가든 낭만을 느끼기엔 세상이 너무 각박하다. 대학을 간다고 그 후에 취업 문제가 다 해결되지는 않기 때문이다. 경기 침체로 문 닫는 회사가 늘어나고, 신입사원 채용 비율도 줄어들고 있다. 그러한 사회 현실 앞에 청년들은 모두 안정적인 공무원 시험에 목숨을 건다. 내 전공이 무엇이든 상관없이 말이다. 대학 4년 내내 배운 전공은 전공이고, 졸업 후 다시 공무원이 되기 위해 새롭게 공부를 시작한다. 이런 현실에서 대학 3, 4년 내내 고생하고 그 후에 간호사 면허증을 가지고 병원에서 일하는 간호사들은 어쩌면 행복한 비명을 지르고 있는지도 모르겠다.

병원 생활
맛보기

"에잇, 안 한다니깐."

한 아주머니가 체온이 재기 싫다고 겨드랑이에 끼워 둔 체온계를 내 눈앞에서 던져버렸다. 21살의 어린 나이에 맞닥뜨린 상황이 당황스러웠다. 내가 해를 끼치는 것도 아니고 열이 나는지 확인을 위해 매일 정기적으로 체온을 재는 것인데 50대 정도의 아주머니가 나에게 그런 행동을 한다는 것이 믿기지 않았다. 그래서 소리 지르는 아주머니를 멍하니 바라보고 어찌해야 할 바를 모른 채 가만히 서 있었다. 그러다 간호사 스테이션으로 돌아가서는 서러움에 눈물이 쏟아졌다. 나는 잘못한 게 없는 것 같은데, 왜 아주머니한테 욕을 들어야 하는지. 속상하기도 하고 화가 나기도 했다. 하지만 실습을 하면서 이런 일은 아무것도 아님을 알게 되었다.

한 번은 환자에게 검사 설명을 하러 갔는데, 갑자기 욕을 하는 아저씨도 있었다. 그 환자는 대장 내시경 검사를 위해 계속 약을 복용해야 했다. 환자 입장에서는 약을 먹는 것이 고통스럽고 왜 꼭 검사해야 하는지 전혀 모르는 상태였다. 그래서 쓸데없는 검사를 한다는 생각에 화가 나 있었다. 아저씨의 상황 설명을 듣고서야 이해는 되었지만, 처음에 욕을 들었을 땐 정말 당황스러웠다. 나중에 간호사 선생님의 설명을 듣고서야 아저씨는 이해가 되었다는 듯 다시 검사를 위한 약을 먹기 시작했다. 그리고는 그 아저씨는 나에게도 미안하다고 말씀하셨다. 그렇게 한 번 더 억울할 뻔한 일을 잘 마무리 지었다. 한편으로는 병원에서 매일 환자들의 욕을 들으며 일을 한다면 정말 너무 힘들 것 같다는 생각도 들었다. 그래서 그런 욕하는 환자들에게도 웃으면서 다가가 조곤조곤 설명하는 간호사 선생님들이 참 대단해 보이기도 했다. 그러한 모습을 보면서 멋진 간호사의 모습을 꿈꾸기도 했다.

실습을 하면서 항상 어렵고 힘든 일만 있는 것은 아니었다. 정형외과 실습을 할 때였다. 그 병동은 첫날 출근하면서 깜짝 놀랐던 병동이다. 입원 환자 베드 수가 95 베드였기 때문이다. 간호사 스테이션 앞 화이트보드에 적힌 환자 이름을 보고 한참을 멍하니 바라보았다(지금은 사생활 보호로 환자 이름 및 병명을 병동에서 공개하지 않는다). 학생 간호사가 할 일은 대부분 환자의 바이탈을 측정하는 것이다. 즉, 혈압과 맥박, 호흡, 체온을 재는 것인데, 환자 수가 많다면 그만큼 바이탈 측정도 많이 해야 한다. 상황이 이렇다 보니 출근한 첫날부터 각오를 단단히 해야 했다. 주어진 시간은 같으나 해야 할 환자 수가 많다 보니 부담감이 컸다. 다행인 것은 정형외과이기에 바이탈에 문제 있는 환자는 적다는 것이다. 입원 기간이 긴 일명 '나이롱 환자'들은 혈압을 재러 들어가면 아저씨가 먼저 "내 혈압은 120에 80!!"이라고 먼저 외치곤 하셨다. 그러면 그래도 확인을 해야 한다고 혈압을 재어드리곤 했다. 그렇게 혈압을 재는 중에서 주변에 계신 보호자가 나에게 수고한다고 음료수를 몰래 주시기도 하셨다. 어떤 아주머니는 먹는 게 들키면 안 된다고 여기서 마시고 나가라며 음료수를 그 자리에서 바로 따주시기도 했다.

때로는 딸, 때로는 손녀 같다며 병원이라는 힘든 환경에 실습하는 나를 토닥여 주시는 분들도 계셨다. 그분들 덕분에 무사히 실습을 끝낼 수 있지 않았나 생각된다. 그리고 어떤 할머니는 엉덩이까지 톡톡 두드려 주시며 수고가 많다고 격려해 주셨다. 그럴 땐 돌아가신 할머니 생각에 눈물이 핑 돌기도 했다.

간호 학생의 신분으로 병원 생활을 미리 보기 하는 실습은 아르바이트도 한 번 해본 적 없는 나에게 사회라는 곳을 조금이나마 맛볼 수 있는 기회를 제공해 주었다. 그저 따뜻한 엄마의 품속에서 온실 속의 화초로 자란 나는 실습으로 겪는 사회가 다소 당황스럽기도 하고 때로는 두려운 대상이 되기도 했지만, 언젠가는 마주쳐야 하는 사회이기에 필요한 시간이라 생각했다.

이렇게 병원 생활을 맛보는 실습을 하고는 학교를 자퇴하는 친구도 간혹 있었다. 자신과 맞지 않는 곳이라는 판단이 섰기에 더 늦기 전에 자신의 적성을 찾아 현명한 판단을 내렸으리라 생각한다. 사람은 각자가 다른 성향을 가지고 있으며 또 그 성향에 맞게 할 수 있는 일이 다르기 때문이다.

나 역시 첫 실습을 하고는 간호사가 나의 길이 맞는지 다시 생각해 보았다. 정말 자퇴까지 생각을 해봤을 정도였다. 하지만 사람을 공부하는 공부 자체는 재미가 있었고, 간호사 면허증을 가지고 병원이 아닌 다른 곳에서 일할 수도 있다는 생각에 끝까지 해보기로 마음먹었다. 또한, 3년 중 거의 반을 공부한 상태였기에 그동안 공부한 것이 아깝다는 생각이 들기도 했다. 그렇게 고심한 끝에 끝까지 간호과 3년을 다니게 되었다.

보통 간호학 실습은 4년제는 대학교 부속 대학병원에 나가게 된다. 하지만 3년제이거나 부속 병원이 없는 경우는 연계된 여러 곳의 병원에 실습을 나가게 된다. 그래서 늘 색다른 병원 환경에 적응해야 하는 불편함이 있기는 하지만, 실습지에서 다양한 환경을 접하다 보니 3년제 출신의 간호사들은 어디를 가나 적응력이 빠르다고 한다. 그럴 수밖에 없는 것이 대학병원부터 종합병원 등 다양한 병원과 그 속에서도 진료과별로 다른 병동으로 실습을 나가기 때문에 늘 새로운 사람들을 만날 수밖에 없다. 그렇게 약 1년 동안 실습을 하다 보니 성격도 점차 바뀌어 갔다. 내성적이기만 했던 내가 점차 외향적인 성격으로 변한 것이다. 실습을 통해 간호사에게 필요한 성격을 조금씩 터득해 나갔다.

실습이란 것이 할 때는 참 힘들지만, 꼭 필요한 것으로 생각한다. 책상에서 공부하는 이론만으로는 절대 간호사가 될 수 없다. 실제 임상이 어떻게 흘러가는지 알아야 한다. 그래서 간호사가 되기 위해서는 실습이 필수적이다. 그리고 실습을 통해 미리 간호사의 일을 체험해 봄으로써 정말 자신이 해낼 수 있는 일인지도 미리 알 수 있다.

또한, 실습을 통해 간호사 자질을 발전시킬 수 있다. 1년간의 실습을 하면서 많은 사람들을 접하다 보면 간호사에게 꼭 필요한 상황대처 능력이나 대인관계 능력을 조금씩 개발시킬 수 있다. 돌이켜보면 간호사도 어쩌면 만들어지는 것이 아닐까 생각한다. 사람들에게 다가가기 어렵고 내성적이었던 내가 이제는 먼저 말을 건네는 사람이 되었고, 주삿바늘을 무서워하는 내가 매일 주사를 놓는 간호사가 되었다. 이렇듯 지금 현재의 모습은 중요하지 않은 것 같다. 간호사를 꿈꾸는 독자들은 겁먹지 말고 도전해 보기를 응원한다. 마음먹고 시작하면 이론적인 공부뿐 아니라 실습을 통해 지금과는 다른 진짜 간호사로 변해 가는 자신을 발견할 수 있기 때문이다.

필리핀에서
깨달은 소명

'꾸무스타 까'

'살라맛 뽀'

내 생애 첫 해외여행을 준비하며 연습한 인사말이다. 처음 해외를 나가게 된 것은 여행이 아니라 해외의료선교였다. 혼자 여행을 가는 것은 꿈도 못 꿀 대학생 2학년 시절, 실습 기간을 피해 해외 의료봉사를 갈 수 있게 되었다. 의료봉사를 하시는 분들은 대부분 현직 의사나 간호사였지만 나는 간호 대학생이라 의료봉사에 동참할 수 있었다. 의료봉사에 의미를 두기보다는 사실은 해외에 나간다는 것 자체에 더 설레었다.

그렇게 설렘을 안고 도착한 필리핀에서 5일간의 의료봉사 일정이 진행되었다. 간이 진료소를 설치하고 동네 사람들에게 의료봉사단이 왔음을 알리고 진료를 시작하였다. 진료를 받기 위해 찾아오는 사람들의 발길이 끊이지 않았다. 나는 접수하는 곳에서 혈압과 혈당 및 소변 등을 먼저 체크하는 일을 했다. 말이 통하지 않는 사람들이라 통역사를 두고 이야기를 주고받거나 통역사가 바쁠 땐 몸짓이나 그림을 그리면서 표현하기도 했다. 필리핀에서도 시골에 속하는 마을이라 영어도 사용하지 않아 대화에 어려움이 많았다. 하지만 몸짓과 표정, 말투에서 서로가 서로의 의미를 이해하게 되었을 때 가슴이 뻥 뚫리는 것 같았다. 접수 업무가 끝나갈 때면 제약 파트의 일도 도왔다. 의사 선생님들의 처방에 따라 약을 제조하는 일인데 처음 해보는 일이라 그런지 재미있었다. 의료봉사는 해가 떨어질 때까지 진행되었고, 정말 눈코 뜰 새 없이 바쁘다는 것이 무엇인지 실감했다.

오랜 시간의 기다림에도 전혀 불평불만 없이 묵묵히 기다리는 주민들이 대단해 보였고 그만큼 진료를 보고 가겠다는 강한 의지를 엿볼 수 있었다. 그래서 의료팀은 해가 떨어져도 줄 서서 기다린 주민들 모두 진료를 볼 수 있게 해 주기 위해 자가 발전기를 이용해 전기를 공급하였다.

마지막에 방문한 마을은 진짜 오지마을이었다. 전기가 없음은 물론이고 닭, 양들이 마을을 뛰어다니며 함께 생활하는 한국에서도 쉽게 볼 수 없는 모습이었다. 신기한 광경이 처음엔 그저 신기하고 재미있었다. 그리고 동물과 함께 공존하는 생활이 부럽기까지 했다. 하지만 그 부러움은 얼마 가지 못했다. 마을에 물을 공급하는 딱 하나밖에 없는 수도꼭지에서 물이 풍부하게 공급되지 못했다. 그래서 의료 봉사팀은 물론 선교팀 모두 씻는 것을 포기해야만 했다. 이렇게 열악한 마을에 의료 봉사팀이 왔다는 소식에 많은 주민들이 몰려왔다. 그중에 기억에 남은 한 아이가 있다. 7살 정도로 보이는 꼬마가 자신의 다리를 보여주었는데 너무 깜짝 놀라 소리를 지를 뻔했다. 꼬마의 다리에 구더기가 살고 있었다. 자세히 살펴보니 다리에 다친 상처에 제대로 치료를 받지 못해 곪아 가면서 구더기까지 생기게 된 것이다. 얼른 상처를 소독하고 연고를 발라주었다. 그리고 발라 준 연고를 주면서 앞으로 나을 때까지 바르도록 권유했다. 그때 그 아이의 놀라서 동그랗게 뜬 그 눈을 아직도 잊지 못하고 있다. 그 후, 주변 친구들까지 다 데리고 와서는 다리의 상처를 보여주었다. 작은 상처조차 제대로 치료되지 못한다는 것이 참 마음이 아팠다. 그래서 우리는 가져간 연고를 그 마을에 모두 기부하고 왔다.

5일간의 의료 봉사를 통해 '간호사'라는 직업에 대해 깊이 생각해 볼 수 있었다. 실습을 통해 맞닥뜨린 간호사의 현실은 힘들고 두려웠다. 그래서 정말 내가 간호사라는 직업을 해낼 수 있을지 겁이 났고, 다른 길을 찾고 싶었다. 하지만 한국을 벗어난 필리핀의 작은 마을에서 경험한 간호사의 모습은 정말 꼭 필요한 존재이고 보람된 일이었다. 그때부터 생각했다. 필리핀에서 경험한 것처럼 정말 꼭 필요한 간호사가 되기로 말이다. 그저 그런 간호사 말고 정말 도움이 필요한 사람들에게 도움을 주고 꼭 필요한 존재가 되고 싶었다.

『선물』의 저자 스펜서 존슨은 소명에 대해 이렇게 말했다.
"우리가 소명을 갖고 일을 하고 살아갈 때 그리고 바로 지금 중요한 것에 집중하고 몰두할 때 우리는 더 잘 이끌고, 관리하고, 지원하고, 친구가 되고, 사랑할 수 있다."
필리핀에서 간호사의 소명을 발견한 순간 지금 중요한 것에 집중하고 몰두할 수 있었다. 먼저, 학교 공부에 열심히 임했다. 도움을 주기 위해서는 내가 알아야만 했기 때문이다. 그리고 간호사가 되기 위해 힘든 실습이 필수라면 꾹 참고 해내기로 했다. 간호사가 되는데 가장 먼저 찾아온 위기를 필리핀에서 발견한 소명 덕분에 이겨낼 수 있었다.

노래로 사랑을
전하는
학생 간호사들

"내가 천사의 말 한다 해도 내 안에 사랑 없으면…"

1학년 때, 첫 실습을 앞둔 가을, 나이팅게일 선서식에 선배들이 우리들을 위해 불러주었던 노래이다. 나이팅게일 선서식은 진정한 간호사로서의 첫발을 내디딜 준비를 하는 시간이다. 또한, 나이팅게일의 숭고한 봉사와 희생정신을 떠올리며 나 역시 그러한 사명감으로 간호사로 일하겠노라 다짐하는 시간이기도 했다.

"나는 일생을 의롭게 살며 전문 간호직에 최선을 다할 것을 하느님과 여러분 앞에 선서합니다. 나는 인간의 생명에 해로운 일은 어떤 상황에서도 하지 않겠습니다. 나는 간호의 수준을 높이기 위하여 전력을 다하겠으며, 간호하면서 알게 된 개인이나 가족의 사정은 비밀로 하겠습니다. 나는 성심으로 보건의료인과 협조하겠으며, 나의 간호를 받는 사람들의 안녕을 위하여 헌신하겠습니다."

나이팅게일 선서문을 낭독하며 느꼈던 감동은 이루 말할 수 없었다. "나의 간호를 받는 사람들의 안녕을 위하여"라고 말할 때는 알 수 없는 전율이 느껴지기도 했다. 떠들고 웃던 친구들도 그 순간만큼은 진지하고 엄숙했다. 그래서 선서식이 끝나고 나면 왠지 모르게 다들 훌쩍 커버린 것 같은 느낌이 들기도 했다.

또 하나 기억에 남는 것은 나이팅게일 선서식을 하는 1학년 후배들을 위해 2학년 선배들이 노래를 불러 주는 것이었다. 아름다운 목소리로 전해주는 감동은 절대 잊을 수 없다. 그리고 나도 2학년이 되어 후배들에게 멋진 노래로 축하를 해주는 날을 미리 그려보기도 했다.

그러한 나의 마음이 하늘에 닿아서였을까. 선서식 이후에 중창단 단원을 모집한다는 소식을 접하게 됐다. 모든 선배들이 함께 합창하지만, 중창단은 특별히 무대 앞에서 합창곡 외에 더 많은 곡을 노래했다. 그 중창단이 이번에는 동아리로 공식적으로 만들어졌다. 그래서 친한 친구들과 함께 가입했고, 그렇게 대학생활의 첫 동아리 활동이 시작되었다.

보통의 간호과 학생들은 학업에 집중하고자 다른 동아리 활동을 거의 하지 않는 편이었다. 하지만 간호과 내 동아리라서 학업에는 큰 지장 없이 봉사활동을 할 수 있었다. 특별히 방학 중에는 독거노인이나 요양병원에 찾아가 어르신들 앞에서 노래를 불렀다. 오랜 병원 생활로 외로우신 어르신들에게 10명 남짓한 인원이 한목소리로 아름다운 하모니를 노래할 때 그들은 노래의 아름다움에 즐거워했고, 우리들 모습 자체에 감동을 받았다. 하지만 그 순간 우리가 더 행복했고 더 많은 감동을 받았다. 병원 복도를 무대 삼아 작게 만들어진 음악회였음에도 어떤 음악회보다도 큰 박수를 보내주시는 어르신들 덕분에 우리는 웃으면서 무대에서 내려올 수 있었다. 그리고 돌아오는 길에는 그전에는 느껴보지 못한 벅찬 감동을 안고 돌아왔다. 간호사를 꿈꾸며 매일 책상에 앉아서 공부만 하는 것이 전부가 아님을 다시 한 번 깨닫게 되는 시간이었다. 내가 가진 재능을 사람들의 행복을 위해 사용할 수 있다는 것이 참 뿌듯했다.

노래라는 도구가 얼마나 대단한 힘을 가진 것인지도 알게 되었다. 노래를 연습하고 부르는 과정에 저절로 스트레스가 해소되었다. 아름다운 음률 덕분에 기분이 좋아지기도 했고, 때로는 친구들의 이탈된 음을 들으며 한바탕 웃음바다가 되기도 했다. 그렇게 사랑을 전하는 일을 하면서 우리는 스스로 행복해짐을 느낄 수 있었다.

돌이켜보니 학창시절에 모두 학과 공부와 실습에 바빠 대학의 낭만을 즐길 여유가 없었다. 그래서 열심히 공부했구나 정도의 추억만 간직하게 될 뻔했었다. 하지만 중창단이라는 동아리 활동을 통해 따뜻했던 학창시절의 추억을 간직하게 되어 참 기쁘다. 처음엔 후배들에게 작은 힘이 되어 주고 싶어 시작한 중창단이었지만 그것이 지역사회 봉사로까지 퍼져나가 더 많은 사람들에게 노래로 사랑을 전하게 되었다. '주는 것이 받는 것이다'라는 말의 의미를 알 것 같았다. 봉사하러 갔는데 오히려 우리가 더 받아오는 것이 많았기 때문이다. 우리가 보기엔 보잘것없는 작은 노래임에도 오히려 더 크게 기뻐하시고 계속 오라고 해주시는 어르신들 덕분에 우리들의 봉사가 얼마나 대단한 것인지 깨닫게 되었다.

그 당시에는 내가 좋아하는 노래로 봉사하는 일이라고만 생각을 했다. 하지만 시간이 흐르고 보니 단순한 봉사만은 아니었다고 생각한다. 요즘 다양한 테라피(치료법)들이 등장하며 병원 치료를 넘어선 또 다른 보완 대체 치료법들이 개발되고 있다. 특히 독서 테라피, 음악 테라피 등 다양한 보완 대체요법들이 등장하는 것을 보며 내가 했던 중창단 봉사도 어쩌면 음악 테라피 중에 하나가 아니었을까 생각이 들었다. 그렇게 생각하니 간호 학생 시절, 이미 나는 음악으로 사람들의 마음을 간호해 주고 있었다.

지금도 내가 일상에서 하는 사소한 일들이 상대방의 마음을 치료하는 테라피 중의 하나 일지도 모른다.

국가고시
합격을 향하여

간호과 생활의 마지막 꽃은 바로 국가고시 시험이 아닐까 생각한다. 국가고시를 앞둔 겨울은 날씨 탓도 있지만, 시험에 대한 떨리는 마음 때문에 유난히도 더 춥게 느껴진다. 하지만 누구든지 간호대학 3~4년의 시간을 충실히 살아내었다면 충분히 합격할 수 있는 시험이기도 하다. 한편으론 나 자신과의 싸움이 될 수도 있다.

2007년 1월 26일 제47회 국가고시를 앞둔 12월, 걱정되는 마음에 친구와 함께 고시원에 들어갔다. 집에서는 공부가 안 된다는 것과 마땅히 공부할 장소가 없다는 핑계로 들어가게 되었다. 또 한편으로는 그렇게라도 해야 불안한 마음을 잠재울 수 있을 것 같았다. 그 당시 월 30만 원의 꽤 고가의 좋은 고시원에 살게 되었다. 침대 하나가 들어가고 책상이 들어가고도 많은 공간이 남는 큰 방이었고, 화장실도 방 안에 들어와 있는 그야말로 최고급 고시원이었다.

새로운 공간에 오니 들뜨기도 하고 공부가 잘되는 기분이었다. 고시원 생활의 장점은 방안에서는 할 게 없어서 공부하게 된다는 것이다. 하지만 내 성격상 하루 종일 앉아서 공부만 하기는 힘들었다. 그럴 땐 갑자기 방을 닦거나 이불을 정리하거나 책상을 정리했다. 처음으로 하루 24시간이 길게 느껴지기도 했다.

간호사 국가고시는 광범위하고 과목도 많아서 언제 다 내용을 익히고 문제를 풀어 내 것으로 만드나 하는 의문이 생긴다. 하지만 1학년 때부터 차근차근 공부해왔다면 졸업을 앞둔 3, 4학년 때는 수월하게 공부할 수 있다. 하지만 봐야 할 분량이 많기는 많다. 그래서 그 당시엔 기출문제를 먼저 풀고 내용을 외우는 방법으로 공부했다. 그러면서 기출문제는 반복하고 또 반복하며 보았다. 기출문제를 달달 외우는 수준이 되었으니 말이다.

그때 당시 전공서적을 다 읽어볼 수 없는 수험생들을 위해 요약집이 나왔다. 그때는 정말 요약집이 인생의 은인같이 느껴졌고, 어떻게 해서든 과목별로 다 구매해야 마음이 놓였다. 그리고는 학교에서 공부한 내용, 기출문제에 나온 부분을 요약집에 표시하고 적어 넣었다. 그렇게 요약집에 모든 내용을 정리하여 요약집 하나면 보아도 완벽할 수 있게 만들었다.

요약집을 정리할 때는 지루하게 공부하는 것이 싫어서 다양한 컬러 펜을 사용하여 보기 좋게 알록달록하게 만들었다. 그러면서 나름대로 공부의 재미를 느끼게 된 것 같다. 나만의 책을 만들며 나만의 방법으로 공부하는 재미 말이다.

어떤 공부든 자신에게 맞는 방법을 찾는 것이 중요하다. 나는 한 번에 꼼꼼히 읽기보다는 훑는다는 느낌으로 여러 번 읽는 편이다. 얼마 전 베스트셀러였던 야마구치 마유의 『7번 읽기 공부법』이 딱 나의 공부 스타일이었다. 물론 나는 7번까지는 아니었지만, 중간, 기말고사를 준비할 때도 최소 3번에서 5번을 읽었다. 그러면 정말 흐름이 이해되고 이해되니 저절로 머릿속에 저장되었다. 무조건 달달 외우는 건 내 스타일이 아니었기에 달달 외우는 암기과목엔 좀 약하기도 했다.

고시원에서는 책을 보는 것 외엔 딱히 할 게 없었기에 반복해서 읽기엔 좋았다. 몇 번 읽다가 정말 중요한 것, 외워야 하는 것은 포스트잇에 적어서 책상 앞에 붙여 두곤 자주 읽으면서 외웠다. 그리고 '내가 진짜 잘하고 있는 걸까' 의구심이 들 때면 옆방의 친구에게 가서 같이 수다도 떨면서 불안감을 떨쳐버리곤 했다. 친구가 없었더라면 정말 외로운 고시원 생활이 되었을 것이다.

한 달간의 고시원 생활을 마치고 드디어 국가고시 시험 당일이 되었다. 왜 꼭 이렇게 중요한 시험은 항상 겨울에 하는 건지. 추워서 떠는 건지 긴장돼서 떠는 건지 구분이 참 어려운 것 같다. 떨리는 시험을 무사히 잘 치르고 한 달 뒤 합격 소식까지 받았다. 간호사 국가고시는 거의 다 합격한다고 생각하지만, 그 결과가 나오기까지는 긴장을 늦출 수 없다. 대부분 다 붙는 시험에 불합격의 1%가 내가 될 수 있기 때문이다.

사실 시험의 합격 노하우라는 것은 없다. 나만의 방식으로 꾸준히 열심히 하면 그 노력은 절대 배신하지 않는다. 나의 방식을 간단히 정리하자면 첫 번째로 기출문제를 풀면서 먼저 중요한 것이 무엇인지를 파악했다. 그리고 두 번째로 전공 서적의 내용과 기출문제의 내용을 요약집에 하나로 정리했다.

그 정리한 내용을 무한 반복하여 읽었다. 그중에 꼭 외워야 하는 것은 따로 메모에 적어서 외웠다. 그리고 마지막 불안한 마음은 함께 공부하는 친구들과 나누며 서로 위로하고 격려했다. 국가고시는 상대 평가가 아니기에 친구들과 함께 공부하면서 같이 합격하는 그 날을 꿈꾸며 얼마든지 동기부여 할 수 있었다.

병원 면접
합격하기

"동그란 얼굴에서 따뜻함이 묻어나는 OOO 대학 조원경입니다 … (중략) … 많은 사람들이 간호사를 3D 업종이라고 부릅니다. 하지만 저에게 있어서 간호사는 Destiny, 운명이고, Divine, 신의 은총이며, Dream, 희망이라 생각되어 이 길을 선택하게 되었습니다."

　나의 대학병원 면접 당시 자기소개 중의 일부이다. 간호사가 3D 업종이라고 말하는 점을 역이용하여 나만의 언어로 간호사를 표현했다. 이 기발함 덕분에 면접에서 항상 좋은 반응을 얻었다. Destiny, 운명을 말하는 순간 서류만 보던 면접관들이 일제히 내 얼굴을 쳐다보았다. 그 순간 깜짝 놀랐지만 그들의 마음을 움직였으리라 생각되어 더욱 크게 웃으면서 자기소개를 이어갔다. 그리고 서울의 K 대학병원에 합격을 했다. 그때의 감격은 이루 말할 수 없었다. 그 이후에 다른 대학병원의 면접에서도 같은 자기소개를 했는데 모두 합격했다. 그래서 지금까지도 기억하고 있는 나의 1분 자기소개이다.

간호 대학생이라면 누구나 대학병원의 입사를 꿈꾼다. 그래서 졸업반이 되면 간호 국가고시를 준비하면서 동시에 대학병원 면접을 준비한다. 소위 남들이 좋다고 말하는 TOP3 병원은 졸업반이 시작되면 1학기부터 신규 간호사 모집공고가 나기도 한다. 일찍이 좋은 인재를 확보해 두려는 병원의 전략이라 생각되었다. 그리고 2학기에 대부분의 대학병원에서 신규 간호사를 모집한다. 그렇기에 2학기는 모두가 정신없이 바쁘다. 자신이 가고 싶은 병원 공고가 뜨면 병원에 대해 공부하고 조사하며 자신만의 자기소개서와 모의 질문지를 만들어서 면접을 준비한다. 대학병원 1차 서류심사는 대부분 성적에서 당락이 결정되기에 학점 관리를 잘해놓으면 대부분은 합격할 수 있다. 그래서 면접이 중요하다. 어떤 병원은 1차 합격이 되면서 동시에 최종합격자를 정해놓는다는 소문이 돌기도 하지만 그건 소문에 불과하다.

간호사도 서비스직에 속하다 보니 면접에서 좋은 이미지를 심어주는 것이 중요하다. 그래서 면접날짜가 나오면 그때부터 갑자기 미소 연습에 돌입한다. 웃으면서 말을 한다는 것이 얼마나 어려운지 처음 알았다. 보통 사람들은 말을 할 때는 표정이 없다. 게다가 면접이라는 긴장된 상황에서는 더욱이 웃기가 힘들 것이다. 하지만 면접에서 좋은 인상을 남겨야 한다. 그래서 말하면서 웃는 연습은 필수이다. 간호사뿐 아니라 서비스직에 종사하고자 하는 사람들이라면 지금부터라도 말하면서 웃는 연습을 하길 권유한다. 생각보다 쉽지 않을 것이다. 하지만 꾸준히 하면 분명 효과가 있다.

나 역시 굴욕스러운 면접을 겪었다. 가장 먼저 지원을 한 대학병원 면접에서였다. 대학병원 입사에 큰 관심이 없다가 갑자기 관심이 생기면서 지원하게 되었다. 갑자기 지원한 탓에 면접 준비가 부족했다. 학점은 잘 받아 놓은 상태라 1차에서는 합격했지만, 면접은 확실히 준비가 부족했다. 번갯불에 콩 볶아 먹듯 면접을 준비하고 면접 당일 서울로 향했다. 기차를 타고 서울로 가는 여정 자체가 피곤했다. 처음으로 혼자 서울에 가는 딸이 걱정스러우셨던 아빠가 함께해주셨다.

든든한 아빠의 응원에도 불구하고 면접장에서는 큰 굴욕을 겪었다. 자기소개 순서에서 너무 긴장한 탓에 첫음절조차 제대로 떼지 못하고 말을 더듬고야 말았다. 그 순간 머릿속이 하얗게 되고 더듬더듬하다가 겨우 끝을 맺을 수 있었다. 제대로 답변 못 한 것도 속상했지만, 창피함이 더 컸다. 면접이 끝나자마자 이름표를 반납하고는 뒤도 돌아보지 않고 건물을 빠져나왔다.

처음의 굴욕스런 면접의 경험 덕분에 다음 면접에는 자기소개를 달달 외우기 시작했다. 어떠한 상황이 닥치더라도 유창하게 말하겠다는 의지로 읽고 말하고를 반복했다. 그다음 K 대학병원의 면접에서는 친구들과 함께 기차를 타고 면접장으로 향했다. 기차 안에서 자다 깨다를 반복하는 순간에도 계속적으로 웃으면서 자기소개를 외우고 있었다. 그렇게 열심히 준비한 탓에 면접의 순간엔 오히려 평온하게 웃으면서 마무리할 수 있었다. 더욱이 4명의 면접관의 눈을 골고루 마주치며 나를 어필할 수 있었다. 그리하여 합격의 기쁨도 누렸다.

병원 면접에서 가장 중요한 것은 짧은 시간 동안 면접관에게 '어떻게 나를 어필할 것인가'이다. 다 비슷비슷한 지원자들 틈에서 내가 조금 더 돋보이기 위해서는 조금만 더 노력하면 된다.

나만의 면접 노하우를 간단하게 소개하고자 한다. 가장 먼저, 들어가는 순간부터 미소를 짓는 것이 중요하다. 남들이 웃지 않는 찰나의 순간에도 내가 웃는다면 당연히 면접관들에게 더 좋은 인상을 주게 된다. 그 후에는 다른 지원자가 말을 할 때도 경청하는 자세를 유지하는 것이 좋다. 경청하는 자세란 다른 지원자가 말을 할 때 적당히 고개를 끄덕이며 잘 듣고 있음을 나타내는 것이다. 물론 그때 면접관들이 나에게 관심을 두고 있지 않을 수도 있다. 하지만 예상치 못한 순간에 나를 볼 수도 있으므로 항상 미소를 머금고 고개를 살짝 끄덕여 주는 것이 좋다. 그리고 나의 순서가 되었을 때는 경쾌한 목소리로 웃으며 끝까지 내가 준비한 말을 해야 한다. 실수했다고 머뭇거리거나 포기하지 말고 떨리는 지금의 상태를 인정하고 다시 시도해 보는 것도 좋다.

미소와 경청하는 자세, 그리고 자신감을 가지고 독자들도 자신이 원하는 병원에 당당히 합격하기를 바란다.

3

눈물로 살아가는
신규 간호사

대학병원
입사 후
3개월이 되기 전에
퇴사하다

현재 모든 직장인들이 앓고 있는 병이 바로 '월요병'이라고 한다. 월요일이 오는 것이 두려워 일요일 저녁부터 초조해 하기 시작하며 월요일 아침엔 이유 없이 몸이 무겁고 의욕도 없는 증세가 나타나는 것이다. 간호사로 일하면 좋은 점은 월요병이 없다는 것이다. 주말에 쉬고 월요일부터 금요일까지 출근하는 것이 아니기에 정말 월요병은 없다. 하지만 하루하루가 월요병을 앓고 있는 것 같다는 생각이 들었다. 특히 신규 시절엔 더욱 그렇다.

내가 첫 대학병원을 입사하고 딱 1주일은 남들이 부러워하고 부모님께서 자랑스러워 하셨기에 뿌듯함으로 일을 해 나갈 수 있었다. 그리고 오리엔테이션 기간이었기에 큰 부담감은 없었다. 하지만 시간이 흐르면서 점점 일하는 두려움이 커졌다. 혹시나 '내가 실수를 하지는 않을까'라는 걱정이 앞섰고, 일이 느리다는 선배들의 짜증에 '나는 병원에서 아무 도움이 못 되는 사람이구나'라는 생각이 들면서 자존감이 낮아지기도 했다. 그러한 일들이 매일 매일 쌓여가니 퇴근 후에도 항상 다음 날 출근이 걱정이었다. 그래서 뜬눈으로 밤을 샌 적도 있다. 눈을 감고 잠을 자 버리면 내일이 너무 빨리 올 것 같았기 때문이다. 지금 생각하면 너무 터무니없는 행동이지만, 그 당시의 고통을 잘 드러내 준다.

일 잘하는 동기 때문에 나의 신규생활은 더 힘들었다. 늘 그 아이와 비교 대상이 되어야 했기 때문이다. 출근해서 데이 인젝(오전 근무시간에 사용할 주사약)을 미리 준비하고 있으면 어디선가 선배 간호사와 동기 간호사가 나타나서 다정하게 이야기를 나눈다. 하필이면 나를 중심에 두고 둘이서 대화를 하는데, 나는 마치 없는 존재가 되어버린다. 그때의 기분은 사실 겪어보지 않으면 모를 것이다. 같은 공간에 세 명이 있는데 두 명만 아는 이야기로 둘만 화기애애하고 나는 절대 그 틈에 들어갈 수 없다. 그리고 동기가 사라지면 그 선배 간호사는 갑자기

얼음처럼 차가워진다. 내가 일이 서툴러서 차갑게 대한 건지 싫어서인지는 아직도 모르지만 대놓고 차별당하는 기분이 썩 좋지는 않았던 기억으로 남아있다.

나에게도 문제가 있다면 마음의 문을 열지 않고 일을 했다는 것이다. 먼저 웃으면서 다가가거나 사적인 대화로 선배간호사들과 대화를 이어나가면 좀 더 유한 분위기가 되지 않았을까라는 생각이 들기도 한다. 하지만 첫 사회생활의 압박감이 항상 긴장하게 하였고, 무뚝뚝한 신규 간호사의 이미지를 만들어 버렸다. 오늘은 실수하면 어쩌나 전전긍긍하며 혼나지 않을까 걱정하며 일을 했다. 그리고 퇴근해서는 실수한 게 없나 떠올리며 혹시나 '내일 출근해서 혼나는 게 아닐까?' 또 걱정을 했다. 그렇게 매일 걱정에 사로잡히니 출근길이 지옥 길일 수밖에 없었다. 퇴근해도 몸은 병원을 벗어났지만, 마음은 아직도 병원에 남아서 온갖 마음고생을 다 하고 있었다.

정말 출근하기 싫을 때는 택시를 타고 아예 다른 곳으로 가버릴까 하는 생각도 했다. 그 당시 간호사 커뮤니티 사이트에도 신규 간호사들의 작은 일탈(?)이 소소하게 올라오곤 했는데 그 일탈을 감행한 간호사들이 부럽기까지 했다. 그 신규 간호사의 일탈이 바로 내가 상상만 했던 출근길에 목적지를 병원이 아닌 다른 곳으로 가버리는 것이었다. 그렇게 생각하다 보면 어느덧 병원에 도착했다. 그러면 무거운 발걸음을 옮기며 병동에 출근하고 또 어두운 얼굴로 일했다. 이렇게 일하는 것은 내가 꿈꿔온 간호사의 모습이 아니기에, 내가 생각한 나의 미래의 모습이 아니었기에 퇴사를 결심했다. 그렇게 나의 첫 병원 생활은 3개월도 채 채우지 못하고 아주 짧지만 강한 경험으로 남아있다.

모든 일은 마음먹기에 달려있다는 말을 많이들 한다. 예전엔 그냥 듣고 지나친 말이지만 지금은 정말 뼛속 깊이 와 닿는다. 사람의 마음가짐에 따라서 어떠한 일이든 결과가 달라지기 때문이다. 신규 시절, 나는 힘들어도 열심히 해서 버텨보겠다는 마음보다는 못하겠으니 포기해야겠다는 마음이 더 컸다. 하지만 친구들은 하나같이 힘들지만, 더 배우고 열심히 하고자 하는 열의가 더 컸다. 늘 의기소침하게 못 하겠다는 말만 하고 힘없이 행동했던 나는 그러한 생각에 사로잡히니 행동 또한 소극적이 되고 결국은 사직을 하게 되었다.

시간이 흐르고 나니 그때 내가 더 버텨보고자 하는 마음이 있었다면 지금의 결과는 어땠을까 하는 궁금증이 생기기도 했다. 하지만 후회는 없다. 그러한 경험을 통해 더 다양하고 많은 세상을 접했기 때문이다. 그래서 내가 어떤 사람인지, 어떠한 일을 더 잘할 수 있는지 경험으로 알게 되었다. 그리고 그러한 경험을 통해 나와 똑같이 신규 시절 힘들어하는 간호사들에게 진심 어린 조언을 해 줄 수 있게 되었고, 그들의 마음을 누구보다 이해하고 공감해 주는 멘토의 역할도 할 수 있게 되었다.

얼마 전에도 내 블로그에 찾아와 나의 이야기에 힘을 얻고 간다고 댓글을 달아 준 간호사도 있다.

"한 달 전 대학병원에서 일한 지 2달 만에 그만둬 버렸어요. 마음먹기에 따라 다르다는 말이 너무 공감돼요. (중략) 그때 버티지 못한 제가 못나 보이고 우울한 마음이 들었습니다. 하지만 툭툭 털고 자신만의 길을 걸어가는 선생님의 모습이 멋있으세요. 그동안 웅크리고 있었는데 저도 툭툭 털고 씩씩하게 일어서야겠어요."

기나긴 장문의 댓글을 읽으며 나 역시 감동을 받았다. 나의 작은 경험이 힘들어하는 사람들에게 위로와 힘을 줄 수 있으며 일어설 수 있는 동기부여가 된다는 점 때문이다. 그래서 그 간호사의 앞길을 마음으로 늘 응원한다. 나처럼 자신만의 길을 잘 찾아서 더 행복한 삶을 누리길.

세상에 실패는 없다. 실패라고 생각하는 내가 있을 뿐이다. 생각을 바꾸면 세상이 정말 달라진다. 힘든 지금의 상황에서 바꿀 수 있는 것은 내 마음뿐이다.

동네 의원에서

간호사로

재도전하다

대학병원에서 퇴사 후, 마냥 행복할 것 같았던 나날이 시간이 흐르면 흐를수록 불안감으로 채워졌다. 병원에서 일할 때는 이곳만 벗어나면 행복할 것으로 생각했는데, 막상 벗어나니 그 해방감은 딱 일주일 정도였다.

병원 퇴사 후엔 보건교사 공부를 했다. 두 달 뒤에 치러지는 임용고시 때문이다. 그 공부를 함에도 계속 불안하고 못할 것 같다는 생각이 들었다. 지금 돌이켜보면 그때 좀 더 열심히 공부하지 않았다는 것이 조금은 아쉽다. 남들이 부러워하는 대학병원을 박차고 나와서 내가 원하는 공부를 하겠다고 했지만, 막상 시작한 공부는 마음잡기가 힘들었고, 자신감이 매우 낮아졌다. 공부하면서도 병원 생활을 견뎌내지 못했다는 사실에 자꾸만 초점이 맞춰지고 자존감이 바닥으로 떨어졌다. 그러한 마음으로 공부하다보니 진짜 공부하는 시간보다는 고민하고 걱정하면서 흘려보내는 시간이 더 많았다. 그렇게 공부하면서 시간이 흘렀고 임용고시의 결과는 당연히 불합격이었다.

그때 문득, 지금은 공부하는 것보다 내 마음을 잡는 것이 더 중요하다는 생각이 들었다. 바닥으로 떨어진 자존감을 높이기 위해 다시 병원 생활에 부딪혀 보기로 했다. 병원에서 '최소한 1년 만이라도 일해보자'라는 마음으로 병원을 찾기 시작했다. 대한민국에서 간호학과를 졸업하고 간호사로 근무한 지 1년도 채 되지 않는다면 아무도 나를 간호사로 인정해 주지 않을 것 같았기 때문이다. 현실적으로도 다른 병원에 취직하려고 해도 신입이라면 몰라도 경력직은 최소 1년 이상의 경력을 원하는 곳이 많았다.

졸업한 지 1년이 넘지 않았기에 그 당시엔 신규 간호사로 다른 대학병원에 지원이 가능했지만 대학병원에 다시 도전할 용기가 없었다. 그래서 대학병원에 갈 생각은 아예 접어두고 규모가 좀 작은 병원을 공략하기로 마음먹었다. 구인 사이트를 검색하면서도 수많은 마음의 목소리들이 오고 갔고 내 안에 작은 전쟁이 시작되었다.

'정말 할 수 있을까?'

'하면 되지.'

이리저리 흔들리는 마음의 목소리 속에서 그래도 할 수 있겠다는 곳을 발견하고 이력서를 준비해서 면접을 보러 갔다. 그곳은 집에서 지하철로 가깝게 갈 수 있는 한 안과 의원이었다. 겉으로 보았을 때는 그리 커 보이지 않는 곳이었는데, 막상 안으로 들어가니 수술실과 진료실, 대기실 등이 잘 나뉘어 있고 꽤 괜찮은 곳이었다. 대학병원과 달리 개인 의원은 원장님 진료실에서 일대일 면접으로 이루어졌다. 딱딱한 대학병원 면접과 달리 편안하게 이야기하듯 면접을 하는 것이 더 좋았다. 편안한 분위기 속에서 면접을 마치고 나왔고 면접 후 느낌은 좋은 편이었다. 역시나 느낌대로 안과에서 일할 수 있게 되었다.

안과에 첫 출근 하는 날, 마음가짐을 새롭게 고쳤다. 대학병원에서 발휘하지 못한 나의 면모를 다 발휘해 보자는 마음으로 씩씩하게 걸었다. 발걸음에 힘이 들어가자 나도 모르게 리듬을 타면서 걷고 있었다.

'대학병원에선 소극적이었다면 여기선 좀 더 적극적으로 행동해 보자.'

'목소리를 좀 더 높은 톤으로 말해봐야겠어.'

이렇듯 그전과는 전혀 다른 모습으로 일하겠다는 굳은 각오를 다졌다. 그 각오 덕분에 안과 업무를 빠르게 익혔다. 오히려 과하다 싶을 정도로 선생님들이 말하는 것들을 받아 적고 외우고를 했다. 어쩌면 그런 모습을 더 좋게 봐주었는지도 모르겠다.

아무리 좋은 곳일지라도 늘 좋은 일만 있었던 것은 아니다. 수술실 어시스트 일을 배울 땐 가르쳐 주는 선생님이 매우 까다롭게 가르쳤다. 그때는 선생님이 임신 중이라 몸이 힘들어 예민해서 그런 것으로 생각했다. 하지만 서럽고 억울한 마음에 수술실 어시스트를 하면서 울고 말았다. 수술실에선 마스크를 쓰기 때문에 서러운 나의 눈물은 마스크 안으로 스르륵 흘러들어 갔다. 눈물이 마스크 속으로 감춰지듯 서러운 나의 마음도 아무도 모르게 조용히 지나갔다. 그렇게 혼자 나를 다독이고 있을 때 수술을 마친 원장님은 나에게 칭찬을 아끼지 않으셨다.

"오, 조 간호사 첫 어시스트인데 잘하네. 손발이 잘 맞는데."

그 칭찬 한마디에 나의 서러운 마음은 깨끗하게 씻을 수 있었다.

『칭찬은 고래도 춤추게 한다』라는 책 제목처럼 칭찬 한마디가 나에게는 다시 병원에서 간호사로 일할 수 있는 동기부여가 되었다. 나도 잘할 수 있다고 스스로 용기를 북돋워 줄 수 있었다.

지금까지도 원장님의 칭찬은 절대 잊히지 않는다. 간호사의 삶을 포기할 뻔한 절망 속에서 원장님의 칭찬 한마디가 다시 일어설 수 있는 힘이 되었기 때문이다. 간호사뿐 아니라 어느 직장인이든 사회생활에서 칭찬을 받기는 가물에 콩 나듯 힘든 일이다. 그런 칭찬을 출근하자마자 첫 주부터 듣게 되니 당연히 일하는 데 큰 힘이 되었다. 원장님께서 나를 일을 잘하는 간호사로 인정해 주었다는 사실에 허드렛일까지도 즐거운 마음으로 할 수 있게 만들었다. 특히 화장실 청소는 처음에는 '간호사가 화장실 청소까지 해야 하나'라는 생각이 들었지만, 나를 인정해 준 원장님 덕분에 청소까지도 잘하고 싶다는 생각이 들었고, '이왕 하는 청소라면 즐겁게 하자'라는 생각으로 놀이처럼 청소하곤 했다.

나의 눈높이에 맞게 안과 의원에서 간호사로 재도전한 것은 정말 잘한 것으로 생각한다. 그때 다시 도전하지 않았다면 지금의 나는 없었을지도 모른다. 어쩌면 간호사가 아닌 다른 길을 찾아갔을 수도 있다. 하지만 다시 도전했고 떨어진 자존감을 회복했기에 지금의 내가 있고 이 책이 나올 수도 있었다.

세상에 진짜 못할 일은 없는 것 같다. 누구에게나 맞는 곳은 있다. 병원 면접에 떨어진 후배에게 해주었던 말이 있다.

"남들이 좋다고 하는 병원이 너에게도 좋은 병원은 아니야. 너는 남들과 달라서 너와 맞는 곳, 네가 원하는 곳은 분명 어디엔가 있어. 지금은 그것을 찾아가는 과정일 뿐이야."

종합병원 응급실
간호사로
성장하다

'간호사에게 있어서 병원 임상은 꽃이라고 생각합니다.'

다시 병원 간호사로 도전할 때 자기소개서에 쓴 문구이다. 병원 임상에서 경험한 일들이 힘들고 어렵게만 느껴지지만, 간호사라는 이름으로 세상을 살아갈 때에는 현장의 경력도 중요하다는 것을 깨달았기 때문이다. 병원의 일자리는 많았지만, 경력자 우대라는 말에 소심하게 포기한 적도 있다. 게다가 병원이 아닌 사업장이나 회사에서는 종합병원 이상의 경력을 요구하는 곳들도 많았다. 그래서 종합병원에서 딱 1년 만이라도 견뎌보자는 마음을 먹고 의원에서 한 단계 업그레이드하여 종합병원으로 지원하게 되었다. 안과에서 일하면서 회복한 자신감으로 조금 더 도전해 보기로 마음먹었다.

그렇게 가게 된 곳이 종합병원 응급실이었다. 처음에는 병동 업무로 알고 면접을 보았는데 응급실 티오가 있다고 했다. 병동이든 응급실이든 상관은 없었다. 오히려 응급실이 더 많은 것을 배울 수 있을 것이라는 생각에 흔쾌히 일을 시작하게 되었다.

어디든 그렇듯 처음부터 어려운 일을 시키지는 않기에 첫 주의 일은 할 만했다. 게다가 옆에서 계속 일을 가르쳐 주었기에 부담감도 적었다. 조금씩 일을 익히고 독립을 하게 되었을 때는 떨리기도 하고 한 편으론 기대되기도 했다. 출근하자마자 물품을 카운트하고 인계 타임을 기다리며 커피를 타던 그 떨림은 지금 생각하면 피식 웃음이 나곤 한다. 별것 아닌 일에 혼자 긴장을 하며 시간을 보냈던 것 같다. 하지만 생각보다 일을 잘 익혀나갔고 동기가 2명이나 있어서 그들의 도움 덕분에 잘 이겨내었다. 일하다 모르는 것은 다음 듀티에 출근한 동기에게 물으면서 조언을 받기도 했다. 가끔은 동기들과 퇴근 후나 오프 날에 커피 한 잔의 여유를 즐기면서 스트레스를 풀기도 했다. 사람들과의 관계가 먼저 돈독해지니 일을 하는데 조금은 수월함을 느꼈다. 더욱이 응급실 간호사 수도 7명으로 적은 인원이라 서로 빨리 친해질 수밖에 없었다. 그리고 적은 인원으로 3교대를 근무하다 보니 오프 날은 적어지고 근무시간은 늘어났다. 그래서 서로 자주 접하다 보니 저절로 친해질 수밖에 없었다.

응급실 근무에서 가장 힘들었던 일은 역시 응급상황이다. CPR 환자가 오면 저 멀리서부터 사이렌 소리가 들린다. 119의 사이렌 소리가 들리면 가슴이 먼저 두근거리기 시작하고, 머릿속이 복잡해진다. 마치 가시방석에 앉은 듯 일어나서 안절부절못하고 있으면 응급실 입구에 119차가 선다. 그리고 다급하게 환자를 밀고 들어오는 구급대원을 맞이하며 응급실 CPR 전용 침대로 환자를 옮긴다. EKG 모니터를 환자의 가슴에 꽂고 IV 라인을 잡으며 기도 삽관 준비를 하고 과장님이 오시면 바로 기도 삽관을 한다. 그러는 중에 다른 간호사는 환자의 바이탈(혈압, 맥박, 호흡, 체온)을 측정하며 환자의 상태를 파악한다. 그리고 과장님의 오더에 따라 응급약물이 투여되거나 심장 제세동기를 사용하도록 준비를 한다. 이 모든 과정은 간호기록에 시간과 행동을 기록해야 한다. 그리고 필요한 다른 검사를 의뢰하거나 수술이 필요하면 수술 준비를 한다. 이렇게 응급상황은 정말 짧은 시간에 동시다발적으로 많은 일을 해내야 한다. 생명이 오고 가는 곳이기에 1분 1초가 중요하다.

처음에는 손이 너무 떨려서 주사약을 제대로 잴 수 없을 정도였다. 덜덜 떨리는 손을 스스로도 통제가 되지 않는 순간이 당황스럽기까지 했다. 하지만 사람은 적응하는 동물이라 했던가. 몇 번의 응급상황을 겪으면서 적응하기 시작했고, 6개월이 지나가면서는 차분히 순서대로 간호를 수행할 수 있었다.

응급실에서 응급환자 다음으로 힘들었던 것은 외상환자였다. 특히 머리를 다쳐 출혈이 있는 환자는 겉으로 보이는 출혈량이 많아서 자주 놀라곤 했다. 하지만 흐른 피를 닦고 상처 부위를 보면 살짝 찢어진 정도에 불과했지만 처음 응급실에 들어올 땐 큰 상처가 있을 것 같은 인상을 주었다.

한 번은 머리에서 흐른 피가 얼굴 전체를 덮어서 머리부터 얼굴 전체가 모두 시커멓게 보이는 환자가 왔다. 순간적으로 어디가 얼굴인지 어디가 뒤통수인지 구분이 되지 않을 정도였다. 너무 놀란 나머지 환자에게 가다 말고 중간에 멍하니 서버렸다. 그때 같이 근무하던 선생님이 나를 부르지 않았더라면 아마도 한참을 더 멍하니 서 있었을지도 모른다. 정신을 차리고는 환자에게 가서 피를 닦아주니 다행히도 두피는 칼에 살짝 베인 상처였다. 상처의 깊이는 얕았지만, 칼자국이 여러 군데 있어서 출혈량이 많은 편이었다. 그래도 심각한 상처가 아니라서 다행이라 생각했다. 머리에 전체적으로 붕대를 감아주었다.

그 환자가 간 후로 같이 일한 선배 간호사가 나의 머뭇거림에 대해 조언을 해 주었다.

"너의 잠깐의 머뭇거림이 환자의 생명에 큰 영향을 줄 수 있단다. 그러니 그 순간에는 네가 아닌 간호사라는 이름으로 일을 해야 해."

그렇게 조금씩 나는 간호사라는 이름으로 살아가는 법을 배워나가고 있었다. 내가 평소에 하기 싫어하는 일일지라도 간호사이기에 해야 하는 일들은 해내야 했다. 나의 감정과 상관없이 환자들 앞에서는 늘 상냥해야 하고 슬픈 사연을 들으면서도 같이 울기보단 담담히 위로해야 했고 때로는 감정에 휘둘리지 않는 간호사의 모습을 유지하는 법을 배워나갔다. 그렇게 1년여 동안 종합병원 응급실에 도전하여 간호사로서의 면모를 갖추어 나가기 시작했다. 진짜 간호사로 말이다.

고등학교에서
일할 기회를
잡다

나는 어릴 때부터 선생님이라는 직업에 환상을 가지고 있었다. 어린 나이에 눈에 비친 선생님은 거의 슈퍼맨과 같은 존재였고, 점점 나이가 들면서는 일하기 좋은 최고의 '직업'이라는 생각을 가지게 되었다. 물론 내가 직접 경험해보기 전까지는 말이다.

종합병원에서의 근무를 1년을 넘기면서 보건교사를 구한다는 구인공고를 보게 되었다. 경기도 모 외고에서 보건사감을 구한다는 것이었다. 기숙사에서 학생관리 및 보건실에서 학생 응급처치를 해야 하는 업무였다. 꿈꾸던 '학교'에서의 근무여서 그 공고가 계속해서 내 머릿속을 맴돌았다. 그리하여 결국 지원했다. 대구를 벗어난다는 것이 두렵기도 했지만, 기숙사가 주어진다기에 안심하고 지원할 수 있었다.

그 후 서류합격의 소식을 받고 면접을 보러 경기도 학교에 가야 했다. 하지만 병원에 일하는 상태라 면접 일정을 맞추기가 어려웠다. 다행히 학교에서 나의 일정에 맞춰서 면접을 볼 수 있게 배려해 주었다. 그렇게 경기도행 길에 올랐고, 낯설기만 한 학교에 가서 면접을 보고 기분 좋은 마음으로 돌아왔다. 면접을 보는 동안 편안하고 좋은 느낌이 들었고, 교감 선생님도 좋으신 분이라 더 편안했다. 그리고 면접 당일 합격 소식을 듣고는 일주일 만에 병원을 정리하고 경기도로 올라갔다.

첫 기숙사 점호를 하는 시간이 다가왔다. 기숙사 점호는 어떻게 하는지 드라마 속에서 본 것이 다였던 나는 심장이 두근거리기 시작했다. '아이들에게 어떻게 다가가야 할까', ' 드라마처럼 무서운 사감이 되어야 하나' 온갖 생각이 들었지만, 내 방식대로 하기로 하고 점호의 시간을 맞이했다. 서툰 서울말을 쓰며 인사를 하고 필요한 공지를 전달하며 끝을 맺으려는 순간, 한 학생이 질문했다.

"선생님은 어디서 오셨어요?"

"나? 대구."

"아, 어쩐지 말투가 다르더라고요."

그 순간 모두 웃음바다가 되었다. 웃음으로 마무리하니 점호가 잘 된 것 같다는 느낌이 들었고 생각보다 온순한 아이들 덕분에 안심할 수 있었다. 기숙사 생활하는 중에 사고라도 난다면 교사의 책임이 크다. 다행히 내가 맡은 학생들은 고3이라 이미 기숙사 생활 수칙을 잘 알고 있었다. 그래서 나는 특별히 어려움이 없었다. 오히려 잘 모르는 부분은 학생들이 알려주기도 했다.

다음 날, 아침 일찍부터 아이들의 소리에 깼다. 아침잠이 많아서 일찍 일어나는 것이 힘든 일이었지만, 기숙사에 자는 아이들을 깨우기 위해선 먼저 일어나야 했다. 하지만 다들 스스로 알아서 등교할 준비를 하고 있었다. 아이들은 7시까지 등교해서 아침밥을 먹고 1교시를 시작한다. 나 역시 밥을 먹으려면 그 시간에 맞춰 나가야 했다. 특히나 첫 출근 날이라 교무회의 시간에 인사가 있어서 급히 출근했다. 전 교직원 앞에서 인사를 한 후 무사히 첫 일과가 끝이 났다.

저녁 시간, 보건실에서의 업무가 시작되었다. 나는 보건교사 자격증과 간호사 면허증이 있어서 보건실 보건 업무와 기숙사 업무를 겸하게 되었다. 원래 보건실에 계시는 선생님이 퇴근하면 그 이후에 야간자율학습이 끝나는 밤 11시까지 보건실에서 학생들의 간단한 응급처치를 해주는 것이었다. 특별히 아픈 학생들이 많이 찾아오는 건 아니었지만, 두통이나 스트레스로 인한 복통이 많았다. 외국어 고등학교라 그런지 아이들이 성적에 민감하고 항상 스트레스를 받고 있다는 것을 절실히 느낄 수 있었다. 그런 안타까움에 보건실을 찾아오는 학생들에게 따뜻한 말 한마디라도 더 해주고 싶다는 생각이 들었다. 수업에 들어가거나 낮에는 학생들과 마주칠 일이 잘 없기에 이렇게 만나는 시간만이라도 학생들과 즐겁게 소통하고자 노력했다. 장난스러운 농담을 건네 보기도 하고 스트레스로 힘들어하는 아이들에게는 어깨를 토닥여 주면서 위로를 했다.

병원에서 일할 때와는 다르게 고등학생들과 마주치다 보니 생활의 활력을 느낄 수 있었다. 아이들의 깔깔 웃음소리에 저절로 웃음이 나기도 하고 짓궂은 남학생들의 장난에 놀라기도 했지만, 또 하나의 즐거움이 되기도 했다.

나의 생일엔 기숙사 아이들이 깜짝 파티를 해주어 감동을 받았다. 점호가 끝난 후 평소처럼 방 안에서 다른 일을 하고 있는데 아이들이 방문을 두드렸다. 문을 열자마자 "생일 축하합니다" 노래가 들려오는데 눈물이 왈칵 쏟아졌다. 아이들이 해맑은 미소로 생일을 축하해주며 손수 적은 편지와 예쁜 목걸이까지 선물로 주었다. 아직도 생일날 받은 손편지는 간직하고 있다. 몇 번이고 읽을 때마다 감동을 받고 다시금 열심히 살아갈 힘을 주기도 한다.

기숙사와 보건실에서 근무하면서 힘들었던 점은 바로 외로움이다. 타지생활이라는 외로움도 있었겠지만, 학교에서도 보건실이라는 공간에만 한정되어서 일하다 보니 문득 외롭다는 생각이 들었다. 늘 바쁘고 정신없던 병원 환경에 익숙해져서 그런지 조용한 보건실이 어색하기만 했다. 때로는 어떤 사고가 나지는 않을까 걱정스러운 마음이 생기기도 했다.

학생들과 소통하고 함께 생활하는 것은 재미있었지만, 보건실 업무는 잘 모르는 상태이기도 했고, 잠깐 일하는 것이라 나의 일이라는 생각이 들지 않았다. 그래서인지 맞지 않는 옷을 입은 기분이었다. 근무하는 내내 불편한 생각이 가장 많이 들었다. 그리고 함께하는 동료가 없다는 생각에 우울감도 찾아왔다. 병원이 힘들기는 하지만 함께 근무하는 간호사들이 있어서 늘 힘이 되었기 때문이다.

이렇게 다른 환경의 일을 해봄으로써 내가 몰랐던 나를 발견할 수 있었다. 병원에서 사람들과 부딪힐 때는 사람들이 없는 곳에서 일하고 싶다는 생각이 들었지만, 막상 혼자서 모든 것을 책임지는 일을 맡게 되면 부담을 느끼고 외로움을 느낀다는 것을 말이다. 그러면서 인간은 정말 사회적 동물임을 새삼 깨닫게 되었다.

1년간의 경험이었지만 새로운 것을 배우고 또 나를 알아가는 좋은 시간이었다. 또 학교라는 곳에서 일해봄으로써 가지고 있던 교사에 대한 환상도 지워 버릴 수 있었다. 무슨 일을 하든지 장·단점은 있기 마련이고 내 마음에 쏙 드는 직장은 어디에도 없음도 깨달았다.

나는 다양한 경험을 하는 것을 좋아한다. 직접 겪지 않으면 다른 사람의 말도 잘 듣지 않고 믿지 않는 편이다. 그러다 보니 생각하는 것은 다 해보고야 마는 성격이다. 그래서 하고 싶었던 학교의 일도 해볼 수 있었던 것 같다. 그리고 해보았기에 교사라는 직업에 대한 환상을 깨뜨릴 수 있었다.

독자들도 하고 싶은 일이 있다면 얼마든지 도전해 보라고 말하고 싶다. 한 번뿐인 인생에 좀 더 많은 것을 경험하는 것도 나쁘지 않다고 생각한다. 나 역시 다른 간호사 친구들과 달리 의원이나 기숙사 사감, 보건실 업무 등 다른 경험을 해 보았기에 더 많은 세상을 느꼈고 깨달았다. 그만큼 내 마음이 성장하고 생각이 커졌다고 생각한다.

4

진짜 간호사로
비상하다

준비된 자에게
기회는
찾아오는 법이다

처음 대학병원 입사 후 3개월도 채우지 못한 채 퇴사를 하면서 다시는 대학병원에는 일할 수 없을 것으로 생각했다. 그리고 그럴 용기도 없었다. 하지만 다시 간호사의 삶을 살기 위해 동네의원에서 일을 시작하면서 자신감을 얻었고 종합병원 응급실 근무를 통해 좀 더 전문적인 간호 업무를 배웠다. 남들과는 다르지만 조금씩 나만의 속도대로 성장하고 있었다. 그리고 꿈꾸던 학교에서의 근무도 막바지에 다다랐을 때 친구로부터 대구의 모 대학병원에서 간호사를 대거 모집한다는 소식을 알려주었다. 그 소식을 듣고는 '아, 나는 안 될 것 같아'라는 생각이 먼저 들었지만, 또 한편으로 '해보고 싶다'는 생각도 들었다. 그래서 며칠을 고민한 끝에 도전해 보기로 마음을 먹었다. 다양한 병원에서, 또 학교에서 근무한 경험을 바탕으로 이번엔 잘 적응할 수 있지 않을까 하는 기대감이 생겼기 때문이다. 그리고 처음에 실패했던 대학병원에서의 근무를 1년 만이라도 채우고 싶었다.

늦은 밤 홀로 기숙사에서 자기소개서를 쓰면서 마음을 다잡았다. 예전과 달라진 것이 있다면 지원하는 나의 자세였다. 20대 초에는 남들이 다 대학병원을 선호하니까 남들 따라 지원한 것도 있었다. 하지만 이번에는 나 자신과의 싸움이자 약속이었다. 나의 한계를 넘고 싶었고 이겨내고 싶었다.

종합병원 응급실 1년의 경력을 가지고 경력직에 지원할 수 있었다. 많은 나이에 신규 간호사로 지원한다면 떨어질 확률이 높았기에 경력직에 지원할 수 있어서 다행이었다. 그리고 감사하게도 서류전형에 합격했고 면접을 치르기 위해 대구에 갔다.

1차 면접에서는 실무 면접이었기에 나의 경력과 연관된 응급 간호 등에 대해 공부를 했다. 실제 면접에서는 응급실에 약물중독으로 온 환자의 간호를 물었다. 다행히 응급실에서 자주 접한 사례이기에 쉽게 말할 수 있었지만, 포인트를 놓칠

뻔했다. 약물중독 환자에게 가장 우선시 되는 것을 묻는 것이 있었는데 내가 행한 간호를 줄줄 나열하기에 바빴다. 그 순간 면접관이 다시 한 번 그중에 가장 중요한 것이 뭐냐고 질문을 해주서서 제대로 된 답을 할 수 있었다. 약물 중독 환자에게 가장 우선시 되는 간호는 약물 확인이다. 완벽하지는 않았지만 틀린 답을 말하지 않았다는 것에 안심하며 1차 면접을 마쳤다. 그리고 바로 옷을 갈아입고 체력 검사를 하기 위한 장소로 옮겼다.

체력검사는 윗몸일으키기와 악력검사 두 종목이다. 평소 운동은 잘 하지 않았기에 면접을 앞두고는 집에서 윗몸일으키기 연습을 했다. 그러한 연습 덕에 체력검사도 평균을 유지할 수 있었다. 면접보다 더 걱정되었던 체력검사를 무사히 끝낸 것을 다행이라 여겼다. 그리고는 1차 면접 결과를 기다려야 했다. 면접 때 답변을 깔끔하게 말하지 못한 게 내내 찜찜했지만, 마음을 비우고 기다리기로 했다. 며칠 후 1차 면접 합격의 소식을 듣고는 진짜 날아갈 듯 기뻤다. 1차 면접까지 합격했으니 최종 합격과 마찬가지일 것이라는 생각이 들었기 때문이다. '정말 큰 문제가 없는 한은 합격하지 않을까'라는 생각에 혼자 설레기도 했다.

2차 면접은 임원면접으로 병원장, 원무과장 등 병원에서 가장 높으신 분들이 면접관으로 오셨다. 그리고 크게 어려운 질문보다는 전반적인 이미지를 보는 느낌이었다. 나에게 돌아온 질문은 응급실에 근무하면서 가장 어려운 점이 무엇이었느냐는 것이었다. 나는 드렁큰 환자를 대하는 것이 힘들었다고 답했다. 말이 통하지 않는 술 취한 환자는 정말 어떻게 다루어야 할지가 항상 고민이었다. 나의 답변에 병원장님이 살짝 웃으셨는데 그 느낌이 나쁘지 않았다. 면접을 끝내고 나왔을 땐 모두 결과를 예측할 수 없어서 아리송했다. 모두가 질문을 받은 것이 아니라 질문을 받지 않은 사람도 있었다. 그래서 합격의 기준을 예측하기가 어려웠다. 정말 이미지를 보는 것 같다는 말밖에는 할 것이 없었다. 그렇게 최종 면접의 결과를 기다리는 시간은 피 마르는 시간이었다. 붙을 것 같은 느낌은 있었지만, 결과가 나와 봐야 아는 것이었다. 최종면접까지 치른 이상 꼭 합격하고 싶었다. 결국, 해내고야 말았다. 합격자 명단에서 나의 이름을 확인하는 순간은 정말 세상을 다 가진 기분이었다. 그리고 하나님이 나에게 주신 또 하나의 기회라는 생각에 감사했다.

병원 발령은 합격 점수순으로 났지만 나는 경기도에 근무 중이라 입사 날짜를 한 달 미뤘다. 또한, 신규 합격자들의 임명장 전달식에도 참석하지 못해 따로 간호부에 가서 받아야 했다. 이것이 또 하나의 좋은 계기가 되기도 했다. 혼자서 따로 간호부를 찾았을 때 자신이 근무한 부서를 모두 적으라고 하셨다. 근무지를 선정하는 데 참고할 자료라고 하셔서 짧게 아르바이트로 일한 내시경실 경력까지 적었다. 그 경력을 눈여겨보시고는 질문도 하셨다.

"조 간호사는 내시경실에서는 어떤 일을 했는가?"

"규모가 작은 병원이라 내시경 준비부터 세척, 정리까지 혼자서 다했습니다."

이 질문 하나가 나의 근무부서 선정에 도움이 될 줄은 상상도 못 했다. 대학병원에서 보통의 간호사들은 대부분 3교대 병동으로 발령이 난다. 그러나 나는 운이 좋게도 내시경실로 발령이 났다. 3교대를 하지 않아도 된다는 생각에 또 한 번 기뻤다. 주변에 친구들이 어떻게 내시경실에 갈 수 있었냐고 묻기도 했다. 나는 내시경실 경력이 있어서 보내준 것 같다고 답했다.

'다양한 분야에서 근무한 것이 이렇게 도움이 되는구나.'

다시 한 번 실감했다. 나의 지난 경험들이 다 헛된 것이 아님을 말이다.

27살의 나이에 대학병원 간호사로 다시 시작할 수 있었다. 그리고 4년 반 동안 일했다. 어른들이 말하는 "다 때가 있다"라는 말을 다시 실감할 수 있었다. 꽃들도 자신들이 피고 지는 시기가 정해져 있다. 피어야 할 때 피어야 아름다움을 제대로 피울 수 있다. 나 역시 남들과 다른 속도로 꽃을 피우고 있었던 게 아닐까 생각했다. 20대 초 막 졸업한 후에는 아직 준비되지 않았던 것 같다. 다양한 사회생활을 통해 단단해지고 성장하면서 기회를 잡을 수 있었다.

지금 당장 대학병원에 가지 못한다고 실망하지 않기를 바란다. 종합병원에서 경력을 쌓고도 대학병원 경력직으로 입사할 수 있다. 종합병원 근무 기간을 대학병원을 가기 위해 준비하는 기간이라고 여기면 된다. 나의 주변 친구들 중에도 대학병원 입사 시기를 놓쳐서 종합병원에 입사했다가 1년 후에 대학병원으로 다시 입사한 친구도 있다. 그렇기에 지금 당장 무언

가 이룰 수 없다고 낙심하고 포기할 필요는 없다. 세상일은 정
말 한 치 앞도 알 수 없는 것이다.

나에게도
후배가
생겼어요

대학 졸업 후 20대 중반까지는 이직으로 인해 늘 막내 생활을 했다. 그래서 막내 생활에 익숙하던 때에 대학병원에 입사한 지 3개월 만에 후배가 들어왔다. 갓 졸업한 신규 간호사가 내시경실에 발령을 받은 것이다. 후배가 생긴다는 생각에 설레었다. 그렇게 기쁜 마음으로 맞이한 후배와는 함께 셔틀버스를 타고 출퇴근하면서 급격하게 친해졌다. 누구보다도 막내의 마음을 잘 알기에 많은 도움을 주고 싶었다. 그리고 나만큼은 내가 겪었던 것처럼 간호사들 사이의 소위 말하는 '태움'을 하고 싶지 않았다. 일 자체도 힘든데 관계만큼은 편하고 좋은 선후배 사이이고 싶었기 때문이다.

병원의 간호사들 사이에서는 알게 모르게 내려오는 '태움 문화'라는 것이 있다. 간호사가 아니라면 생소한 단어일 수 있지만 7월 31일 'SBS 스페셜'이라는 프로그램에서 '간호사의 고백 - 나는 어떻게 나쁜 간호사가 되었나'라는 주제로 간호사의 태움 문화에 대해 방영하였다. 이 프로그램을 계기로 많은 사람들이 간호사의 세계에 돌고 있는 태움 문화에 관심을 가지게 되었다.

나 역시 블로그에 태움 문화에 대해 포스팅을 올린 적이 있는데 SBS 스페셜이 방영된 다음 날, 5천 명의 방문자가 다녀갔다. 그만큼 태움 문화에 대해 많은 사람들이 알게 되었고, 관심을 가지게 된 것이 아닌가 생각된다.

병원에서 막내 생활을 할 때는 태우는 선배들이 이해되지 않았다. 나는 심하게 태움을 당하는 편은 아니었지만, 마음이 여린 편이라 조금의 꾸중에도 쉽게 마음이 무너져 버렸다. 그리고 자주 울곤 했다. 하지만 주변 친구들의 태움 당한 이야기를 들으면 나는 아무것도 아님을 알게 되었다. 그리고 왜 그렇게 선배들이 후배들을 못살게 구는지 정말 이해할 수 없었다. 심한 꾸중 때문에 위축되어 일을 잘해낼 마음이 사라지기도 했기 때문이다. 그래서 나는 절대로 태우지 않는 좋은 선배가 되리라 마음을 먹었다.

그리고 드디어 후배가 생겼다. 마음먹은 대로 후배에게 따뜻한 선배가 되기 위해 노력했다. 시간이 흐를수록 후배도 점점 늘어났다. 늘어난 후배만큼 내가 뒤에서 커버해야 하는 책임감도 함께 늘어났다. 책임감이 늘어나니 일을 하는데 신경이 곤두서기도 했다. 후배가 실수하지는 않을까 먼발치서 지켜보기도 하고, 가까이서 쳐다보면 나 때문에 실수할까 봐 지나치듯 슬쩍 본 적도 있다.

후배들이 실수할 때면 처음에는 나긋나긋하고 친절하게 알려주었지만, 시간이 흐를수록 나의 인내심에도 한계가 왔다. 그럴 때면 나도 모르게 짜증을 내며 후배를 대한 적도 있다. 그렇게 후배에게 짜증을 내고 온 날은 저녁 내내 마음이 찜찜했다. 그래서 다음날 출근해서는 그 후배를 더 챙겨주면서 내가 너를 미워하지 않음을 알아주기를 바랐다.

내가 막내일 때는 다그치기만 하는 선배들이 정말 이해되지 않았지만 내가 그 자리에 서게 되니 조금은 이해가 되었다. 선배들도 사람이기에 몇 번이고 알려주어도 계속 실수하는 후배에게 짜증이 났던 게 아닐까 하고 말이다.

실수해서 혼난다면 받아들일 수 있지만 가끔은 자신의 행동과 관계없이 그저 미움을 사는 친구들도 있었다. 그런 친구들은 무엇을 해도 선배에게 불려가고 꼭 한소리를 듣고 나오곤 했다. 이렇게 자신의 실수와 상관없이 선배에게 미움을 샀다는 이유만으로 계속 공격을 당하는 일은 없어져야 할 것으로 생각한다.

병원의 일이라는 것이 정말 쉽지는 않다. 물론 모든 실수를 허용해 주어야 하는 것은 아니다. 하지만 함께 일하는 동료에게 모욕감을 주면서까지 혼내야 할 필요는 없는 것 같다. 그 실수한 행동에 대해서만 잘못된 점을 지적해 주어야 하고 자신의 감정을 배제하고 후배들을 대해야 한다. 환자들과 보호자들의 컴플레인과 의사들의 까칠함, 그리고 다양한 부서의 직원들과 늘 부딪혀야 하는 간호사들은 언제나 감정노동이 심하다. 그래서 누구보다 쉽게 감정이 상할 수 있다. 그렇기에 같은 간호사끼리 더 존중해 주어야 하지 않을까 생각한다.

간호사들의 이직률은 어느 직업보다 높은 편이다. 3교대라는 근무 환경과 일하는 강도가 세기 때문에 이직률이나 사직률이 높기도 하다. 게다가 간호사들 사이의 태움 문화라는 것이 간호사들의 이직과 사직을 부추기고 있다. 어느 포털사이트의 설문조사 결과에서도 직장인들이 가장 스트레스를 많이 받는 이유를 인간관계로 꼽고 있다. 이렇듯 일의 강도보다는 사람들과의 관계에서 상처를 받아 직장을 떠나는 사람들이 늘어나고 있다. 그렇기에 간호사들의 건전하고 행복한 근무환경을 위해서라도 태움 문화는 사라져야 할 것이다.

사람이기에 일을 제대로 못 하는 후배가 짜증이 날 때도 있을 것이다. 하지만 그럴 때일수록 감정에 휘둘리지 말고 실수를 객관적으로 바라보는 연습이 필요할 것이다. 나 역시 일을 하면서 감정이 먼저 올라오곤 했지만, 평정심을 찾으려고 애썼다. 사람들과의 관계가 깨어지면 일을 하는데 두 배 이상 힘들어지게 된다는 것을 잘 알고 있었기 때문이다.

그리고 후배들은 자신이 한 번 저지른 실수는 절대 하지 않도록 늘 정신 차리고 일해야 한다. 또한, 병동 내에서 빠른 시일 내에 자신의 몫을 해내고자 마음을 먹고 적극적인 배움의 자세를 가져야 한다. 그러한 적극적인 자세를 가진 후배를 선배들은 더 좋은 시선으로 바라보게 될 것이다.

업무를 떠나서는 가장 기본적인 예절인 인사를 잘한다면

선배들과의 인간관계는 우선적으로 잘 풀릴 것으로 생각한다. 웃으며 인사하는 사람에게 화를 낼 수 있는 사람은 적을 것이다. 웃는 사람을 보면 우리는 저절로 따라서 웃게 된다. 그렇기에 출근하면 가장 먼저 일하는 선배들에게 웃으면서 인사를 해보는 건 어떨까. 나의 인사로 일하면서 생긴 스트레스를 다 날려버릴 수 있도록 말이다.

나쁜 선배 밑에 좋은 후배 없고 나쁜 후배 위에 좋은 선배 없다. 결국은 서로가 서로에게 영향을 미치며 살아가는 사회적 동물이다. 남 탓을 하기 전에 나부터 변화를 시도해 보자. 행복하게 일하는 간호사들이 많아지는 그 날을 꿈꾼다.

또다시

간호 학생이 되다

대학병원 근무 2년째가 되면서 또다시 공부할 수 있는 기회가 생겼다. 대학병원은 다른 병원과 달리 공부를 하도록 권유하는 분위기였고, 원한다면 근무에 차질이 없도록 병동 내에서 조절하여 대학이나 대학원 공부를 할 수 있었다. 나 역시 전문대를 졸업하여 간호학 전문학사를 가지고 있었기에 학점은행제나 RN-BSN 과정(RN 면허증을 가진 전문학사 간호사가 학사취득을 할 수 있는 특별 과정)을 통해 학사를 취득하고 싶었다. 특히 이제는 간호대학이 모두 일원화가 되어 전문대학이나 4년제 대학이나 구분 없이 4년제로 통합이 되었다. 그렇기에 내가 전문학사로 머물러서는 안 된다는 생각이 들었다. 그리고 마침 병동 내에서도 내가 공부할 순번이 되었다. 그리하여 이왕 하는 것 제대로 해보자는 생각에 RN-BSN에 도전했다.

편입학 모집전형에는 서류와 필기시험, 면접으로 이루어져 있었다. 가장 걱정되는 것은 필기시험이었다. 공부를 안 한 지가 3년이 넘었는데 다시 공부하려니 도통 집중이 되지 않고 하기도 싫었다. 하지만 벼락치기에 길들여져 있어 시험 전날 열심히 외우고 필기시험을 치렀다. 시험지에 기억나는 말은 모두 적어서 냈다. 그리고 면접에서는 학업에 대한 열정을 표현하고 열심히 하겠다는 의지를 밝혔다. 드디어 합격자 발표가 나고 다시 대학생이 되었다.

대학생 신입생처럼 학생증도 발급받고 수강신청을 하면서 학구열이 활활 타오르기도 했다. 그리고 임상에 이미 근무 중인 간호사들이 많아서 서로 병원에 대한 정보도 나눌 수 있는 좋은 인맥이 형성되었다. 연령대는 다양했지만, 학업에 대한 열정은 모두 똑같았다.

대학교에 편입한 후 평일 저녁 시간은 모두 학교생활에 반납해야 했다. 내시경실 업무를 5시 반에 끝내고 학교까지 가는 데 한 시간이 걸려서 6시 수업은 늘 지각이었다. 그래서 퇴근 후 바로 택시를 타기도 하고 같은 대학의 대학원 수업을 들는 선생님과 카풀을 해서 다녔다. 퇴근 후 지친 몸을 이끌고 다시 책상에 앉는다는 것이 쉬운 일은 아니었다. 때로는 수업 시간에 졸음이 몰려왔고 과제를 깜빡하기도 했다. 또 학업과 일을 병행하면서 스트레스를 받아 위궤양이 생겼다. 스트레스뿐 아니라 퇴근 후 바로 수업을 들어야 했기에 저녁을 매일 거르는 경우가 많아 위에 탈이 난 것 같기도 하다.

어느 날 속이 너무 쓰려서 일하다가 내시경을 받았다. 일하는데 식은땀이 날 정도로 통증이 심했다. 내시경 검사를 했더니 위안에 피딱지가 앉아 있었다. 궤양에 의해 약간의 출혈이 생겼고 거기에 딱지가 앉은 것이었다. 위궤양 진단을 받고 한 달가량 약을 먹고 나서야 통증이 없어졌다.

아침 7시에 집에서 나와 다시 집으로 들어가는 시간은 밤 10시 반이었다. 매일 그러한 생활을 하니 날짜 개념도 사라지고 때로는 '내가 왜 이렇게 고생을 하나'라는 의구심이 들기도 했다. 하지만 내가 선택한 일이기에 누구도 탓할 수 없었다.

처음 한 달 동안은 책상에 앉아 있는 것이 적응되지 않아서 수업 중에 온몸이 쑤시는 것 같았다. 하지만 사람은 적응하는 동물이라고 하지 않았던가. 어느새 학교생활에도 적응했다. 쉬는 시간에 간단하게 저녁을 해결하기도 하고 가는 길에 간단한 빵을 먹기도 했다. 때로는 교수님들이 수업 중에 방해되지 않을 정도의 간단한 음식은 먹을 수 있게 허락해 주셨다.

학교 수업은 강의식보다 발표수업이 더 많았다. 주입식 수업에 익숙한 나는 발표수업이 낯설기도 하고 부담스럽기도 했다. 하지만 혼자가 아니라 조원들과 함께 발표 자료를 만들고 준비하는 것이기에 해낼 수 있었다. 재미있는 역할극을 준비할 때는 준비하는 내내 웃음이 떠나지 않았다. 각자가 재미있게 자신의 역할을 소화해 내었기 때문이다.

1년의 시간이 지나고 4학년이 되자 실습수업이 있었다. 간호사로 근무 중인 상태라 다들 실습은 안 해도 되지 않을까 생각을 했지만, 졸업을 위해서는 꼭 이수해야만 하는 과목이었다. 그래서 매주 금요일은 퇴근 후 또 실습 병원으로 출근했다. 같은 간호사임에도 학생 신분으로 가야 했기에 눈치가 보이기도 하고 늦으면 꾸중을 듣기도 했다.

2년간 학업과 일을 병행한 끝에 드디어 졸업하게 되었다. 졸업식 때는 힘들었던 지난날을 보상받는 기분이 들었다. 정든 친구들과 학사모를 던지며 사진을 찍었다. 그동안 수고했다며 서로 토닥여 주기도 했다. 누구보다 일과 학업을 병행하는 게 얼마나 힘든지 잘 알고 있었기에 서로 위로할 수 있었다.

졸업한 지 2년이 지난 지금은 일도 하면서 어떻게 학교까지 다녔는지 신기하기만 하다. 지금은 다시 하라고 해도 못 할 것 같다. 누구보다 노는 것을 좋아하고 잠도 많은 나인데 그것들을 포기해 가면서 결국에는 졸업을 한 것이 대견하기도 하다. 혼자라면 중간에 포기하거나 좌절했을지도 모른다. 하지만 같이하는 친구들이 있어서 가능했던 것 같다.

할 수 있는 기회가 주어졌을 때 한 것이 참 잘한 것 같다. 내 주변에는 학점은행제나 RN-BSN을 두고 무얼 할까 고민을 하다 아직 아무것도 시작 못 한 지인들도 많다. 고민하기 시작하면 끝이 없다. 생각했다면 행동으로 옮겨야 한다. 그렇지 않으면 그 생각조차 희미해지고 해야 했던 이유도 잊게 된다.

어설프게
착하면
마음에 병이 온다

수많은 직장인들이 남에게 인정받고 싶은 마음 때문에 스트레스를 받는다. 또한, 남들에게 싫은 소리를 잘하지 못하는 사람들이 많다. 그렇기 때문에 속으로는 '노'라고 생각할지라도 겉으로는 상대방이 듣기 좋은 "예스"를 말하곤 한다. 남의 기대에 맞춰주면서도 속으로는 다른 것을 하고 싶어서 스트레스가 생긴다. 이 스트레스가 현대인들의 수많은 질병 요인 가운데 1위이다.

대학병원에 입사한 지 2년 차가 되었을 때 대학병원 간호사라는 자부심과 내시경실의 업무를 대부분 파악하고 잘 적응하고 있다고 자만하고 있었다. 그런데 갑자기 내 모습이 달라지기 시작했다. 모든 일에 짜증이 났고 화가 났다. 동료도 싫었고, 병원도 싫었고, 환자도 싫어졌다. 갑자기 나에게 모든 업무가 몰리는 것 같았고, 환자들도 유독 나만 자꾸 찾는 것 같았다. 그래서 내 안에는 온통 불만이 가득 차기 시작했다.

그동안 나는 일을 하면서 불만사항에 대해서는 제대로 표현을 하지 않는 편이었다. 그저 시키는 대로 묵묵히 일해야만 한다고 생각했다. 그러다 보니 일 년에 보통 서너 번 가는 학회도 혼자서 일곱 번이나 다녀오게 되었다. 결국, 거절하지 못하는 성격에 가야 하는 학회가 생기면 그냥 다 갔다 와 버렸다. 못 가겠다고 말하는 것보다는 차라리 그냥 갔다 오는 것이 마음이 편했기 때문이다.

그러다 보니 주변 사람들과 상사들의 눈에는 그저 순하고 착한 간호사라는 이미지를 주었다. 그래서 그 이미지를 유지하기 위해서라도 나는 더욱 나의 의견을 말할 수 없었다. 그렇게 착한 간호사로 살기로 '내가' 선택한 것이다. 하지만 그러면서 점점 내 안에 분노를 쌓아두고 있었다.

그 분노가 2년이 되는 해에 결국 터졌다. 갑자기 일하는데 짜증이 몰려왔다. 환자들이 불러도 대답을 하지 않았다. 일하는 데 의미를 상실했다. 웃음도 잃었다. 모든 것을 다 병원의 탓으로 돌렸다. 나에게 이렇게 화를 안겨준 것도 병원이고, 이 부서이고, 여기서 일하는 동료들이라 생각했다.

'왜 나에게 이렇게 일을 시키는 것인가?'

'일 안 하는 사람은 뭐하는가?'

온통 남을 탓하기 시작했다. 그러면서 내 안의 화를 더욱 키웠다. 그 화를 병원에서 풀지는 못하고 집에 와서는 엄마에게 모든 화풀이를 했다. 괜히 짜증을 내고 소리를 지르거나 문을 쾅 닫아버렸다. 내 안의 모든 화를 집에 와서 다 폭발시킨 것이다. 그러면서 복수를 위한 자살을 꿈꿨다. 나를 힘들게 하는 사람들에게 복수하기 위해서 말이다. 매일 눈 떠 있는 동안 어떻게 죽을 것인가를 고민하기 시작했다. 지금 생각해보면 참 끔찍했던 나날이었다. 영혼 없는 삶을 살았다. 그러다 다시 정신을 차리면 두려움이 몰려오곤 했다. 결국엔 마음 클리닉을 통해 우울증 치료를 받았다.

'내가 우울증이라니. 나는 전혀 우울하지 않은데. 그냥 화가 날 뿐인데.'

스스로 충격을 받았다. 하지만 우울증의 증상 중 하나가

분노와 짜증이었다. 감기에 걸리면 기침이 나고 콧물이 나오 듯이 우울증에 걸리니 짜증이 나고 화가 나는 것이었다.

클리닉 상담을 통해서 조금씩 잃어버린 나를 찾아가기 시작했다. 우울증이 오면서 '나' 자신을 잃어 가고 있었다. 온통 남 탓하기에 바빴고 내 삶은 없었다. 그러나 다시 생각해 보니 이 모든 것은 다 내가 선택한 것이었다. 내가 착한 이미지를 선택했고, 그래서 속마음을 표현하지 않은 것이다. 그냥 시키는 대로 하는 것이 착하게 보인다고 생각했다.

그러나 이제는 착하다는 의미를 다시 재정립했다. 그저 남이 시키는 대로 하는 것은 어리석은 것이다. 내 마음이 그 일을 함에 불편함이 있다면 솔직하게 표현하는 것이 진짜 착한 것이다. 그래야만 상대방도 나의 마음을 알고 일을 더 잘할 수 있는 사람을 찾을 것이고, 아니면 나의 일을 도와줄 수도 있다. 그렇게 해서 일을 성공적으로 끝내는 것이 우리가 일하는 목적이 아닐까? 내 능력 밖의 일임에도 끝까지 떠안는다면 일의 성과를 낼 수도 없고 그만큼의 스트레스까지 떠안아야 한다.

이제는 내가 선택한 일의 결과를 남 탓하지 않는다. 내가 선택했다면 내가 책임을 져야 한다. 그것이 내 인생이기 때문이다. 병원 생활을 하면서 하루하루가 고된 일정이었다. 환자, 보호자, 그리고 의사들을 상대하는 것에서 간호업무까지 모든 일들을 한꺼번에 처리하기까지 어려움이 많았다. 그때마다 늘 병원의 시스템을 탓하거나 환자, 보호자를 탓하곤 했다. 하지만 이 병원을 선택한 것도 '나'이고 간호사의 직업을 선택한 것도 '나'이다. 그렇기에 남 탓할 필요가 없다.

클리닉 상담을 시작하면서 나를 다시 돌아보게 되었다. 내가 그동안 얼마나 나 자신을 제대로 사랑해 주지 않았는지 깨달았다. 나를 진정으로 사랑했다면 나의 내면의 소리에 귀를 기울였을 것이다. 하지만 나는 남들에게 인정받기 위해 내면의 소리에는 귀를 닫고 그저 다른 사람들의 소리에만 귀를 기울였다. 그렇게까지 하면서 나는 결국 마음의 병을 얻었다. 이제는 나는 내면의 소리에 귀를 기울인다. 그러면서 일하는 것도 수월해졌다. 그리고 하나씩 하나씩 성취해 나갔다. 내시경실 근무 3년 차에는 부서 질 향상 프로젝트를 맡아서 1년 동안 묵묵히 준비했고 결국에는 최우수상을 받았다. 물론 나 혼자 해낸 것은 아니다. 부서원들이 함께했기에 가능했다. 또한,

어렵다고 느껴지는 부분은 선배에게 조언을 구하거나, 타 부서의 간호사에게 물어보기도 했다.

하나의 성취를 통해 자신감도 회복해 갔다. 그리고 내시경실 근무 4년 차에는 짧은 기간이지만 프리셉터를 맡았다. 우리 부서에 신규 간호사가 오면 업무에 관해 모든 것을 가르쳐 주는 것이다. 쉽게 표현하면 내가 신규 간호사에게 롤 모델이되어 주는 것이다. 처음에는 자신감이 없었다. 시작해 보지도 않고 '내가 그 일을 잘 해내지 못하면 어떡하지'라는 걱정을 먼저 해 버렸다. 또 남들의 눈에 내가 프리셉터 일을 잘 못하는 간호사로 보일 것을 먼저 걱정했다. 하지만 다시 생각을 바꿨다.

'해 보자. 해 보지도 않고 먼저 겁먹을 필요는 없다. 하다가 어려우면 동료들에게 도움을 요청하자. 혼자서 다 잘하려고 욕심부리지 말자.'

이렇게 나는 조금씩 나를 인정하고 남들도 인정하기 시작했다. 그렇게 생각하니 마음도 편하고 일하는데 즐거웠다. 가르치기 위해서 내가 더 공부하게 되었다. 그러다 보니 다시 처음 내시경실에 왔을 때 마음가짐도 떠오르고 알고 있던 것도 새롭게 공부하게 되는 계기가 되었다. 그리고 내가 가르쳐 준 대로 잘 따라주는 후배 간호사들의 모습에서 행복감과 뿌듯함을 느꼈다.

스트레스는 '선택'이다. 많은 사람들이 남에게 인정받고 싶은 '자기' 마음 때문에 스트레스를 받는다. 그런데도 우리는 다른 사람 또는 사건들이 스트레스 발생 요인이라고 믿는다. 물론 다른 사람의 말이나 행동 때문에 어떤 특별한 감정이 생길 수도 있다. 그러나 그것들이 우리가 지닌 여러 감정의 원인은 아니다. 그 원인은 언제나 '나 자신'이다.

차가운 사람일수록
마음은
더 따뜻하다

응급실에서 일할 때의 일이다. 새로운 환경이 낯설기만 하고 일을 하는데도 서툴기만 했던 나에게 따라다니며 지적하는 L 간호사가 있었다. 칭찬은 잘 하지 않으면서 잘못만을 지적하는 바람에 같이 일함에 있어 마음이 아주 힘들었다. 환자들에게 주사를 놓고 있는 데에도 저 멀리 있는 그녀가 나를 지켜보고만 있는 것 같다는 느낌이 들 정도였으니 말이다. 그렇게 그녀에 대한 부정적인 이미지를 만들어 가고 있을 때 그녀와 나이트 근무를 함께하게 되었다. 그때 비로소 그녀의 속마음을 알게 되었다.

"원경아, 너는 뭘 좋아해? 오프 날에는 뭐하며 지내?"

"아, 그냥 자거나 쉬어요. 좋아하는 건 뭐 만들거나 사람들

만나서 노는 거요."

"에이, 소중한 오프 날을 그렇게 의미 없이 보내면 안 돼. 스트레스도 풀고 재미있게 놀아야지. 나는 널 보면서 나랑 비슷한 점이 많아서 많이 마음이 가더라. 그래서 너는 다른 사람들한테 지적받지 말라고 그동안 너한테 많이 혼낸 거야. 다른 뜻은 없어. 너도 좀 무뚝뚝한 편이지? 나도 무뚝뚝해서 사람들한테 살갑게 대하지 못하는데 그게 사회 생활하는 데 좋지 않더라고. 그러니까 너도 윗사람들한테 먼저 다가가고 이야기도 하고 그랬으면 좋겠어. 그래야 윗사람들이 좋아해 주고 예뻐해 준단다. 나는 그렇게 못했으니 너만은 사랑받으면서 일했으면 좋겠다."

"아, 네. 선생님. 그렇게 할게요. 고맙습니다."

마음이 뭉클해져 왔다. 밤늦은 시간에 깨어 있으니 감성이 풍부한 데다 예상치 못한 한마디에 코끝이 찡해졌다. 눈물이 날 뻔했지만 애써 참았다. 나를 미워하는 줄만 알았는데 속마음은 그렇지 않다는 것을 알고 나니 그동안 그녀를 미워했던 것이 정말 미안하다는 생각이 들었다.

이렇게 사람은 겉모습만 보고 판단하면 안 되는 것을 다시

한 번 깨달았다. 겉으로 표현하는 방법을 모를 뿐이지 그 사람의 마음은 그 누구보다 따뜻하다는 사실을 말이다. 오히려 이렇게 겉으로 표현하지 못하는 사람들이 더 정이 많고 마음이 따뜻하다. 너무 깊이 생각하기 때문에 오히려 겉으로 표현을 못 하는 것이 아닐까.

나는 그 이후로 L 간호사와 정말 친해졌다. 속마음을 그렇게 알고 나니 내 마음 또한 180도 바뀌어 버렸다. 내 마음이 바뀌니 그녀의 조언과 충고는 사랑의 한 마디처럼 달콤하게 들리기 시작했다.

내시경실에서 만난 J 간호사가 있다. 그녀는 내가 만나 본 사람 중에 최고로 무뚝뚝하면서도 정의에 불타는 여전사이다. 아직도 그녀와의 첫 만남을 기억한다. 내시경실에 발령이 나고 인사를 하러 들렀다. 그때 J 간호사는 장을 봐 온 물건들을 정리하고 있었다. 병원이 개원 전이었기에 개원 준비로 여러 물품을 사서 정리하는 중이었다. 나는 그녀를 도와주기 위해 다가갔다.

"제가 좀 도와드릴까요?"

"아, 아니 됐어요. 내가 하면 되니까 앉아 계세요."

그녀와 주고받은 첫 마디는 이렇게 단칼에 끝나 버렸다. 누군가가 앞에서 일하고 있는데 아무것도 하지 않으면서 앉아 있는 것이 참 곤혹스러웠다. 그래서 도와주려고 다가간 것인데 단칼에 거절당하니 당황스러웠다.

그러한 첫 만남의 기억을 가지고 함께 일을 시작하게 되었다. 일하면서 그녀의 스타일과 성격을 알아가게 되었다. 그러면서 첫 만남에서의 생겼던 일도 이해하게 되었다.

그녀는 효율적으로 일하는 것을 최우선으로 삼는 사람이다. 그렇기에 일을 할 때 누구보다 앞서서 일을 도와주며 내시경 검사가 빠르면서도 정확하게 잘 이루어지도록 해 준다. 그래서 자기가 하는 일을 후배 간호사가 도와주려고 하면 못하게 한다. 자신이 할 수 있는 일은 자기가 끝내려고 한다. 그러면서 다른 사람들은 다른 일을 하라고 한다. 그래야만 똑같은 시간에 두 가지 일을 해결할 수 있기 때문이다.

검사실에서는 시간도 중요하다. 외래에서 검사 예약시간을 잡아오기 때문에 그 시간에 검사가 이뤄지지 않으면 환자들의 언성이 높아지며 불만이 쏟아진다. 그래서 J 간호사가 일을 도와주면 수월하게 검사가 진행된다. 침대 하나를 미는 일도 잘 모르는 사람들은 두 명이 밀고 나온다. 물론 침대가 무겁기 때문에 두 명이 미는 것도 좋지만, 시간이 중요한 우리는 한 사람은 검사가 끝난 침대를 밀고 나오고, 다른 한 사람은 검사를 해야 하는 침대를 검사실로 밀고 들어가는 것이 효율적이다. 그러면 바로바로 검사가 진행되기 때문이다.

이렇게 효율성을 최우선으로 생각하는 그녀였기에 그동안 자기가 하는 일을 누군가 도와주려 하면 그 사람에게 다른 일을 하라고 단호하게 거절했다. 그래서 처음 부서에 발령을 받아오는 신규 간호사들은 다들 J 간호사의 말투에 상처를 받는다. 딱딱하고 똑 부러진 말투 때문이다. 하지만 그녀는 다른 뜻은 없다. 정말 필요한 말만 할 뿐이다. 일할 때는 필요한 말만 하기 때문에 대화하는데도 간단명료하다. 때로는 딱딱해서 싸우는 것 같은 말투이지만 그것은 대구 사투리의 영향도 있는 듯하다.

말투는 딱딱하지만, 마음은 누구보다 따뜻하다. 후배들이 일하는 데 힘들까 봐 10년이 넘은 연차에도 발 벗고 뛰면서 일을 도와주고, 힘들게 일한 날은 수고했다고 맛있는 저녁도 사주면서 우리들을 격려해 준다. 그러면서도 더 비싸고 맛있는 음식을 못 사준다고 아쉬움을 토로하곤 한다.

나는 J 간호사를 보면서 선배 간호사가 지녀야 할 많은 덕목들을 배웠다. 일할 때는 연차와 관계없이 열심히 일해야 한다는 성실함과 후배들을 향한 아끼는 마음과 사랑을 말이다. 그리고 후배들에게 필요한 조언은 꼭 해 주어서 후배들이 잘못된 방향으로 일하지 않도록 일깨워주는 것도 필요함을 알았다.

이렇게 내가 만난 무뚝뚝한 사람들 중에는 마음이 따뜻한 사람들이 많았다. 그들은 따뜻한 그 마음을 어떻게 표현하는지 몰라서 표현을 못 했을 뿐이다.

나 또한 무뚝뚝하다. 그래서 마음은 아닌데 표현을 일부러 톡 쏘아붙이기도 한다. 또 어떤 때에는 미안한 마음에 오히려 더 못 되게 이야기하기도 한다. 겉으로 드러나는 부분이 때로는 거칠고 무뚝뚝하다고 해서 그 속마음까지 무뚝뚝하다는 판단은 이제 오류이다.

과일 중에 수박을 보면 알 수 있다. 딱딱한 껍데기 속에 부드러운 속살이 숨겨져 있지 않은가? 그래서 우리는 수박을 고를 때 두드려 보고 고른다. 겉으로 잘 익은 수박인지 판단할 수 없기에 두드려서 울리는 소리를 통해 판단한다. 사람도 이와 같다. 겉으로 그 사람의 마음을 다 알 수 없다. 그렇기에 만나서 이야기하고 부딪혀 보아야 그 속 사람을 알 수 있게 된다.

당신의 주변에도 무뚝뚝하고 당신을 힘들게 하는 사람이 있을 것이다. 그 사람 때문에 상처받지 말고 이제 그 사람의 속 사람을 만나 보라. 수박을 두드려 보듯 그 사람에게 먼저 다가가서 이야기해 보라. 그러면 겉과 다른 속마음을 알게 될 것이다. 무뚝뚝한 사람일수록 따뜻하다는 것을 말이다.

5

서른, 꿈 너머
꿈을 꾸다

꾸준한 자기계발로

나를 찾기

시작하다

병원에 입사 후 다람쥐 쳇바퀴 같은 삶에서 내가 원하는 다른 무언가가 하고 싶어졌다. 지루한 일상에 재미를 더하고 싶어진 것이다. 그래서 대학 시절부터 관심을 가지던 아로마 테라피를 배우고자 인터넷을 검색하여 배울 수 있는 곳을 찾았다. 그리고 주말에만 시간이 되었기에 주말의 시간을 활용하여 배우기로 했다. 대학생 때는 비싼 비용 때문에 배울 수 없던 것을 직장생활을 하게 되자 비용에는 조금 자유로워졌다. 그리고 3교대가 아닌 평일 근무까지 하게 되자 주말 시간을 활용할 수 있게 되었다.

아로마 테라피의 효능과 활용법을 배우면서 매주 비누와 화장품 등의 천연제품 만드는 법도 배웠다. 수업이 끝난 후

완성품을 가지고 집으로 돌아갈 때는 무언가 해냈다는 성취감도 가지고 갈 수 있었다. 어릴 때부터 종이접기, 테디베어 등 손으로 만드는 공예에 관심이 많았기 때문에 손으로 만드는 작업들은 어렵지 않았다. 오히려 내가 잘하는 분야에서 나의 솜씨를 발휘할 수 있어서 즐거웠다. 때로는 만드는 과정이 힘들기도 했지만, 완성품을 볼 때면 그 힘듦은 눈 녹듯 녹아내렸다.

아로마 테라피 과정의 자격증을 취득하자 디자인 비누에 관심이 생겼다. 천연 비누를 만드는 방법을 알고 나니 더 예쁜 비누를 만들고 싶다는 욕심이 생겼기 때문이다. 그래서 서울 홍대까지 가서 디자인 비누 과정을 배웠다. 비누의 다양한 색감을 내는 법과 몰드를 만드는 비법까지 모든 비법을 전수받으며 또 하나의 기술을 내 것으로 만들었다는 생각에 뿌듯했다. 그리고 예쁜 비누를 받고 기뻐할 사람들을 떠올리니 서울까지 가는 힘듦도 잊을 수 있었다.

디자인 비누 과정을 배우고 나서는 플라워케이크 비누에 관심이 갔다. 마치 생크림 같은 모양의 비누를 만드는 것이다. 꽃잎을 하나하나 진짜 꽃같이 만들어 낸다는 것이 정말 신기했고 예뻐 보였다. 플라워케이크 비누를 배우기 위해 이번에는 경기도까지 갔다. 그리고 원데이 클래스를 통해 만드는 과정을 수료했다. 꽃 짜기 방법은 생각보다 어려웠다. 그래서 플라워케이크 비누를 배운 후로는 매일 매일 꽃 짜기를 연습했다. 퇴근 후 거실을 작업실로 둔갑시키고 새벽 1시까지 만들다 잠들곤 했다. 그렇게 일주일간의 연습을 통해 예쁜 꽃을 탄생시킬 수 있었다. 사진을 찍어 강사님께 보여드리며 조언을 듣곤 했다. 그렇게 완성된 플라워케이크 비누는 주변의 지인들께 선물로 많이 드렸다. 다들 처음 보는 비누라 신기해하며 좋아했다. 그리고는 선물용으로 주문을 받아 판매까지 하게 되었다. 나의 기술이 돈 버는 수단으로 이어지니 만드는데 더욱 신이 났다.

이렇게 아로마 테라피에 대한 관심 하나가 플라워케이크 비누까지 만들게 되었다. 나의 관심 분야를 배우고 일상에서 활용할 수 있게 되니 자기계발에 투자하는 재미를 느끼게 되었다. 자격증까지 취득할 수 있어서 미래의 창업 항목으로까지 생각해 두게 되었다.

지금까지도 비누를 만들어 사용하고 있으며 특별한 날에는 선물용으로 디자인 비누도 만든다. 그리고 비누뿐 아니라 캔들까지 만드는 과정을 배웠고 소이 플라워 캔들 전문 강사 자격까지 취득했다.

자기계발을 하면서 내가 공예 분야에 관심이 많음을 다시한 번 알 수 있었다. 그리고 더 나아가 사람들에게 기쁨을 주는 것을 좋아함도 알았다. 또 무언가를 배우는 것에 열정이 있다는 것도 알았다. 어릴 때부터 내성적인 편이라 열정이라는 단어와는 거리가 멀다고 생각했는데 말이다. 내가 관심을 가지는 분야에 있어서만큼은 먼 거리에 상관없이 배우고자 하는 열정이 대단히 큰 사람임을 알게 되니 그런 나를 더 좋아하게 되었다. 작은 관심에서 시작했지만, 나의 재능과 나의 성향까지 알 수 있게 해 주었다.

응급실 3교대 근무를 할 때는 함께 일하는 간호사 동료들과 가까운 수영장에서 수영을 배웠다. 4명이 함께 등록했지만 3교대 특성상 모두 함께 갈 수 있는 날은 적었다. 그렇지만 함께한다는 생각에 강제성이 더해져서 갈 수 있는 한은 무조건 수영장에 갔다. 나이트 근무를 마친 후일지라도 병원의 아침밥을 먹고 수영장에 갔고, 이브닝인 날은 이브닝 출근 전에 갔다. 그렇게 꾸준히 수영하러 다니면서 체력까지 챙길 수 있었다. 그리고 수영이라는 공통된 취미 생활을 공유하면서 동료들과도 돈독해졌다. 다가가기 어렵던 선배와도 친하게 지낼 수 있는 계기가 되었다. 공통된 주제가 생기니 대화의 수도 늘어났고 자주 만나면서 더 친해졌다. 친밀해진 인간관계 덕분에 일하면서 쌓인 스트레스까지 날려버릴 수 있었다.

병원 생활 가운데 힘들고 스트레스가 많다면 병원 동료들과 함께 취미를 공유하는 것도 괜찮은 방법이라고 생각한다. 운동을 하는 것도 땀을 흘리면서 스트레스를 풀 수 있고 동료들과 함께하면서 대화를 나누기 때문에 서로 친해질 수도 있다. 일하면서 가장 스트레스를 받는 것은 대부분 인간관계이기 때문에 많은 대화를 통해 서로의 생각을 들으며 상대방을 이해할 수 있게 된다.

경기도에 있는 외고에서 근무할 당시에는 타지생활의 외로움을 독서를 통해 잊을 수 있었다. 책을 읽는 것을 즐기는 편은 아니었지만, 어느 순간부터 서점을 찾기 시작했고 내 마음을 대변해 주는듯한 제목의 책들을 사 와서 기숙사 방에서 읽었다. 나의 마음을 공감해 주는 에세이를 읽으며 위로를 받았고 그러면서 책 읽는 재미를 느끼기 시작했다. 그 후로 자주 서점을 갔으며 에세이 뿐 아니라 소설, 잡지 등의 책까지 사서 읽었다.

대구로 돌아와서는 병원에 일하면서 힘들었던 마음을 퇴근 후 서점에서 위로받았다. 출퇴근길이 꽤 먼 편이었기에 버스 안에서 졸면서 힘들었던 기억을 잊기도 했다. 하지만 주로 반월당에 있는 영풍문고에서 힘든 일들을 잊었다. 서점 특유의 잔잔한 배경음악과 책을 읽는 다양한 사람들의 모습을 보는 것만으로 힐링되는 기분이었다. 그리고 알록달록한 책 표지를 보며 기분이 좋아지기도 하고 책 제목을 읽는 것만으로도 위로가 되었다. 서점의 책들이 '괜찮다'고 나를 토닥여 주는 것 같았다. 서점을 둘러보다 마음에 드는 책은 그 자리에 서서 읽기도 하고 소장 가치가 있다는 생각이 들면 사서 집으로 가지고 왔다. 이러한 습관을 되풀이하면서 책을 읽는 양이 늘어나고 책에 몰입하는 시간도 늘어났다. 그래서 지금은 책이 없으면 불안한 상태까지 되었다. 집 안 곳곳에 책이 쌓여있고, 항상 책을 1권 이상 가지고 다니는 습관이 생겼다. 늘 책을 가지고 다니는 탓에 가방이 무겁기도 하지만 책을 읽는 좋은 습관을 지니게 된 것에 감사하다. 어릴 때는 아무리 책을 읽으라고 해도 잘 읽지 않았지만, 지금은 스스로 책을 수십 권씩 사는 모습에 부모님께서 놀라실 정도이다. 이젠 책 좀 그만 사라고 하시니 말이다.

병원 생활을 하면서 자기계발을 하는 것은 꼭 필요하다고 생각한다. 처음 1년은 새로운 업무를 익히기에 급급해서 다른 것을 배울 엄두가 나지 않을 것이다. 하지만 1년이 지나면 그 일에 익숙해져서 나태해지기 쉽다. 그럴 때 평소에 관심을 가진 분야나 운동, 독서 등 업무와는 관계없는 분야에 도전해서 배우는 것은 삶에 활력을 더해줄 것이다. 더욱이 간호사는 감정노동이 심하므로 스트레스를 푸는 자신만의 방법을 가지고 있는 것이 도움이 된다. 무엇이 됐든 자신을 위한 자기계발을 하기를 권한다.

책 속에서
꿈을 찾다

경기도에서 타지 생활의 외로움을 잊기 위해 독서를 시작한 것을 계기로 책 읽기의 재미를 느끼게 되고 꾸준한 독서를 실행하게 되었다. 그리고 대구에 돌아와서는 퇴근 후 힘들었던 마음을 서점에서 풀곤 하였다. 그렇게 서점에 자주 드나들다 보니 저절로 책을 많이 읽게 되었고 책을 좋아하게 되었다. 그리고 계속적으로 책을 구입하여 읽게 되었다. 외출 시에는 항상 책을 가지고 다니는 습관이 생겼다. 그래서 항상 큰 가방을 가지고 다닌다. 적어도 한 권 이상은 가방에 넣어 다니기 때문이다. 조금이라도 여유가 생기면 책을 꺼내서 단 한 줄이라도 읽으려고 한다. 그렇게 조금씩 읽기만 해도 하루에 읽는 양은 많아진다.

특히 잠자기 전에는 30분 이상을 책 읽기에 투자하고 있다. 자기 전에 책을 읽으면 그 날의 스트레스가 풀리고 편안히 잠들 수 있다. 책을 읽는 동안에는 나도 모르는 사이에 책 속으로 몰입하여 그 순간에는 그 어떤 잡생각도 들지 않는다. 그 경지를 경험해 본 사람만이 책 읽는 재미를 알 것이다. 책을 읽으면서 책과 하나가 된 몰입의 경지를 느끼는 순간 온몸에 전율이 흐른다. 마치 내가 책 속의 주인공이 된 듯하다. 게다가 무언가에 깊이 집중했다는 생각에 황홀감마저 든다. 그렇게 깊이 집중하고 나면 스트레스까지 풀린다. 머릿속을 어지럽히던 생각들을 잊을 수 있기 때문이다.

책을 꾸준히 읽으면서 행동에도 많은 변화가 일어났다. 다양한 자기계발서를 읽으면서 책에서 깨달은 바를 실천하려고 애썼다. 작은 것 하나라도 꼭 실천에 옮겨야 책을 제대로 읽은 느낌이 들었기 때문이다.

최근에 읽은 강규형 씨의 『바인더의 힘』을 통해 바인더 작성법을 알게 되면서 다이어리 작성에 관심갖게 되었다. 그래서 책을 사면서 사은품으로 받은 바인더에 책에서 말하는 대로 일정을 관리하기 시작했다. 하루를 시간 단위로 쪼개고 분

단위로 쪼개서 일정을 적어보니 아무것도 하지 않은 채 버려지는 시간이 보였다. 그래서 시간을 낭비하지 않도록 계획을 짜고 기록하는 것이 중요함을 깨달았다. 그렇게 자기 전에 다음 날의 계획을 미리 적어보고 당일에는 그 계획대로 했는지 다시 재점검하면서 바인더를 채워나갔다. 그렇게 생활한 지 한 달이 지나니 그전보다 훨씬 시간을 알차게 보내고 있음을 알게 되었다. 책 한 권을 읽는 작은 행동을 시작으로 나의 삶에는 시간을 관리하는 커다란 습관이 생겼다.

모츠즈키 도시타카씨의 『보물지도』라는 책을 읽으면서 나의 꿈을 시각화하는 방법을 알게 되었다. 꿈꾸는 미래의 모습을 이미지화해서 계속적으로 보는 것만으로도 꿈을 이루는 데 도움이 된다는 것이다. 그렇다고 아무 노력도 하지 않고 그림만 본다고 꿈이 이루어지는 것은 아니다. 내가 꿈꾸는 미래의 모습들을 사진으로 찍어서 커다란 보드에 붙여서 보는 행위는 나의 꿈을 뇌에 계속적으로 각인시켜 주는 행위가 된다. 그리하여 나의 인생의 목표, 꿈을 잊지 않고 그 꿈을 향해 행동할 수 있도록 내비게이션 같은 효과를 가져다주는 것이다.

책을 덮자마자 보물지도를 만들었다. 읽으면서 떠오른 내 생각들과 내가 꿈꾸는 삶들을 종이에 적어보고 거기에 맞는 사진들을 찾았다. 그리고 그 사진을 보드에 붙이면서 이루어진 미래의 모습을 상상하게 되었다. 진짜 이루어진 것 같은 기분에 만드는 작업이 전혀 힘들지 않았고 오히려 더 즐거웠다. 그래서 잠이 쏟아져도 다 만들고 자겠다는 생각에 새벽까지 완성하고 잠들었다. 만들고 나니 그 꿈을 이루기 위해 해야 할 일들이 떠올랐고 하루에 하나씩 실천하기로 마음먹었다. 그리고 해야 할 일들을 기록하며 실천해 나갔다. 이루어야 할 꿈이 있기에 가능했던 것 같다. 마음이 나태해질 때는 다시 내가 만든 보물지도를 보면 다시금 해야 할 이유가 떠올라 동기부여 되었다.

여행에도 목적지가 있어야 하듯 인생에도 인생의 목표가 있어야만 주어진 시간을 제대로 활용할 수 있다. 인생의 목표를 눈으로 확인하게 되니 주어진 매일의 시간을 더 효율적으로 사용하고자 노력할 수 있었다. 그리고 계획을 세울 때도 내가 할 일이 미래의 나의 목표와 어울리는지 한 번 더 생각해 보게 되었다. 그래서 선택의 순간에는 나의 목표와 어울리는 선택지를 선택할 수 있게 되었다.

내 인생의 큰 목표는 사람들을 돕는 일이다. 또한, 내가 가진 경험과 지식을 나누는 일을 하며 살고 싶다. 그래서 지금의 나의 위치에서 할 수 있는 일은 나와 똑같이 힘들어하는 신규 간호사들에게 도움을 주는 것이다. 나의 이야기를 통해 힘들어하고 있는 간호사들이 조금이나마 위로를 받고 다시 시작할 수 있기를 바란다.

책을 읽는 것을 시작으로 사소한 습관이 바뀌고 더 나아가 인생의 큰 그림까지 그릴 수 있게 되었다. 이것이 내가 말하는 책을 읽어야 하는 이유이다. 그리고 지금도 책을 읽으면서 꾸준히 미래를 꿈꾸며 동기부여하고 있다.

『책을 읽어야 하는 10가지 이유』에서 안상헌 씨는 책을 읽어야 할 이유를 이렇게 말했다.

꿈이 없는 사람이 책을 읽으면 꿈을 가지게 될 것입니다. 꿈을 가진 사람이 책을 읽으면 어떻게 그것을 가꾸어갈 것인지를 알게 될 것입니다. 꿈을 가진 사람이 지쳤을 때 책을 읽으면 죽어가던 꿈에 대한 열정이 살아나고 삶의 의미를 되살릴 수 있을 것입니다. 우리는 우리가 필요로 하는 것을 책에서 발견할 수 있는 힘이 있기 때문입니다.

바쁜 일정 가운데 책을 읽는다는 것이 어려울 수도 있다. 하지만 하루 10분이라도 조금씩 시간을 내서 책 읽기를 권한다. 사 읽는 것이 부담스럽다면 예전의 나처럼 서점을 자주 방문해 보는 것은 어떨까. 독서라는 것은 가장 저렴한 비용으로 인생의 지혜를 배울 수 있으며 더 나아가 인생의 꿈을 발견할 수도 있다.

주말엔
자기계발 여행을
떠나는 여자

사회생활을 시작한 이후로는 관심 분야를 배우는데 투자를 많이 했다. 나의 일과 다른 분야를 배우는 것은 힘든 병원 생활을 이겨내는 원동력이 되어주었다. 일하면서 지친 몸과 마음이 새로운 것을 배우면서 힐링되었기 때문이다. 병원에 입사한 지 일 년 내에는 다른 분야에 눈을 돌릴 여유가 없었지만, 그 후에는 저절로 자기계발 할 것을 찾게 되었다. 매일 매일을 병원의 일에만 매달려 사는 것이 의미 없이 사는 것처럼 보였고, 한 번뿐인 인생인데 더 많은 것을 경험하고 싶다는 생각도 들었기 때문이다. 그렇게 만들기, 운동, 책 읽기 등에 시간을 투자하며 나를 발전시켜 나갔다.

병원 생활을 하면서 힘들 때마다 책을 읽었다. 그러면서 문득 간호사들이 쓴 책은 없는지 찾게 되었다. 힘든 시절을 이겨 낸 이야기가 담긴 에세이를 읽으며 '이렇게 힘든 사람도 역경 을 이겨내고 살아가는데 나도 열심히 살아야지'라는 생각을 하면서 마음을 다잡았다.

그런데 같은 직종에 일하는 간호사들의 이야기를 찾기가 쉽 지 않았다. 나 혼자만 이렇게 병원 생활에 적응을 못 하는 것 인지 다른 간호사들은 어떻게 살아가는지가 궁금해졌다. 그래 서 간호사와 관련된 책을 찾았지만 찾은 것은 도나월크 카르 딜로의 『간호사, 프로를 꿈꿔라』라는 책뿐이었다. 간호사를 꿈 꾸는 신규 간호사들에게 좋은 조언들을 해 주고 간호사가 지 녀야 할 자부심을 느끼게 해주었다. 하지만 외국 작가의 책이 라 좀 더 현실에 가까운 국내 간호사의 이야기가 궁금했다.

계속 책을 찾다가 결국은 그 당시 인기몰이를 한 승무원들 이 쓴 책을 읽었다. 비행일기 형식으로 쓴 승무원들의 에세이 를 읽으면서 겉으로는 화려하지만, 그 이면에는 엄청난 노력이 필요하고 오랜 비행시간 동안 내내 서서 일하는 그녀들의 고 충을 조금이나마 이해하게 되었다. 그러면서 화려해 보이는 직업도 다 힘든 면이 있으며 세상에는 쉬운 일이 없다는 것을 깨달았다.

　승무원들의 이야기들은 이렇게나 많은데 간호사들의 이야기는 왜 없을까. 한참을 고민하여 내린 결론은 내가 그 이야기를 써야겠다는 것이었다. 나의 신규 시절 겪은 이야기를 사람들에게 알려주고 그 이야기를 통해 조금이나마 힘든 신규 간호사들이 힘을 내었으면 좋겠다는 생각이 들었다.

　친구들 대부분이 대학병원에 근무하였기에 의원이나 종합병원의 근무 환경과 업무를 궁금해했다. 그럴 때 나의 경험을 바탕으로 이야기해 주면 흥미로워하며 좋아했다. 친구들이 해 보지 못한 경험들을 나는 해 보았으며 직접 경험한 이야기이기에 생생하게 전달할 수 있었다. 이렇게 가까운 친구들도 나의 이야기에 관심을 가지는데 분명 다른 간호사들도 다른 분야에 일하는 간호사들의 이야기를 궁금해할 것이란 생각이 들었다.

　나는 관심 분야에 대한 정보를 조사하는 것을 좋아했다. 다양한 공채 정보나 시험 정보 등도 많이 알고 있어서 친구들에게 자주 알려주곤 했다. 내가 알고 싶은 분야에 대해서는 나의 궁금증이 풀릴 때까지 찾고 또 찾았다. 그리고는 그러한 정보를 바탕으로 필요로 하는 친구들에게 알려주는 것을 즐겼다. 내가 늘 마음속에 간직한 사람들을 돕고 싶은 마음 때문이었는지도 모른다. 내가 아는 지식을 가지고 필요로 하는 사람들을 돕고 싶은 마음 말이다.

나의 경험에 대한 자부심을 가지고 책을 쓰고자 마음을 먹었다. 그 당시엔 병원에 근무 중이었기에 주말의 시간을 활용하여 책 쓰기 학교에 다니기 시작했다. 나의 이야기를 책으로 쓰고 싶다는 생각은 했지만 어떻게 책을 써야 하는지는 전혀 알지 못했기 때문이다. 주말 첫 기차를 타고 서울로 향했다. 처음에는 열정이 넘쳐서 즐거운 마음으로 갔지만, 열정이 식을 때는 새벽에 일어나 가는 일이 정말 힘들었다. 왜 이렇게까지 고생을 하고 있는지 스스로 되물어보곤 했다. 그럴 때마다 나의 이야기를 나누고 싶다는 간절한 욕망이 있었기에 이불을 박차고 나와서 서울행 기차에 오를 수 있었다. 물론 늘 곁에서 격려해 준 남편의 영향도 크다.

책을 쓰면서 나의 인생에 대한 인식이 바뀌기 시작했다. 나의 지난 경험이 정말 가치가 있음을 깨달았다. 실패했던 경험이든 성공한 경험이든 그것을 글자로 적으면서 눈으로 읽게 되니 객관적인 시각으로 보게 되었다. 그리고 그 속에는 교훈이 있음을 알았다. 또한, 나를 있는 그대로 받아들이게 되었다. 과거의 일들이 머릿속에 정돈되는 기분이었다.

병원에서 일하고 있을 때는 힘들고 짜증 나는 일이 많았다. 간호사의 일에 대한 회의감이 들기도 했다. 하지만 책을 쓰면서는 간호사의 직업을 다시 사명감 있는 직업으로 바라보게 되었고 일하면서 힘들었던 것만 있는 게 아니라 즐거웠고 보람된 일도 많았음을 다시 깨달았다.

주말마다 책 쓰기를 배우고 나의 경험을 써 내려가면서 간호사로 일하며 느낀 바를 모두 정리해 볼 수 있었다. 그리고 간호사의 직업을 좋아하게 되고 감사하는 마음이 생겼다. 처음에는 힘들었지만 지나고 보니 모두 나를 성장시켜주는 기회였기 때문이다. 그리고 늘 힘들기만 했던 것이 아니라 그 속에서도 웃고 감동받는 일들도 많았음을 알았다.

현재의 힘든 현실도 과거가 되면 추억이 된다. 추억할 수 있는 과거를 만든 것은 책을 썼기에 가능했다. 그리고 힘들고 싫던 나의 직업도 책을 쓰면서 더 사랑하게 되었다.

더 넓은 세상을
꿈꾸게 되다

어릴 적에는 집과 학교만 다니던 얌전한 학생이었다. 조그마한 일탈이란 야자 시간에 몰래 나가서 떡볶이를 사 먹는 일이었고, 하굣길에 친구 집에서 놀고 가는 일이었다. 그 정도로 삶에 큰 변화를 싫어했다. 그리고 정해진 규칙이 있는 학교생활을 해야 했기에 그 틀에 맞추어 살려고 노력했다. 그게 가장 안전하다고 여겼다.

하지만 대학생이 되고 나를 억압하는 규칙들이 사라지자 조금씩 일탈하고자 하는 나를 발견했다. 처음엔 지각하는 것조차도 용납하지 못했고, 그러한 내 모습에 스스로 화를 내곤 했다. 하지만 시간이 지나자 꽉 막힌 생각에서 벗어나 융통성이라는 것을 찾게 되었다. 대학 시절 부과대를 하면서 다양한 사람들을 만나면서 배운 것이기도 했다. 나의 꽉 막힌 사고로 사람들을 대하니 다툴 수밖에 없었고, 나의 막힌 생각 때문에 상대방도 힘들어하는 듯했다. 그렇게 조금씩 내 안에서 나도 몰랐던 또 다른 나를 끄집어낼 수 있었다.

그리하여 대학교 3학년 처음으로 수업시간에 과감하게 도 망쳐서 친구들과 일탈을 즐겼다. 안 하던 짓을 해서 그런지 하필이면 그날 교수님께 들켜서 혼이 나기도 했다. 하지만 일상의 또 다른 재미를 발견했다는 사실에 기분이 묘했다.

사회생활을 시작하면서 나의 완벽주의를 조금씩 버릴 수 있게 되었다. 너무 완벽하려고 하는 생각이 나를 더 힘들게 했기 때문이다. 사람이기에 실수할 수 있음을 인정해야 했다. 그리고 나를 받아들이고 토닥여 주어야 함을 알았다.

책을 읽으면서도 다양한 생각을 하게 되고 많은 스토리를 통해 인생을 배웠다. 그 속에서 지혜를 발견하고 어떻게 사회에서 조화롭게 살아갈 것인지에 대해서도 많은 고민을 했다. 인간관계에 막혀서 힘이 들 때면 인간관계에 관한 책을 여러 권 읽으면서 책 속의 지식과 지혜를 나의 것으로 만들고자 노력했고, 상대방을 이해하고자 애썼다.

어릴 때와 비교했을 때 분명히 나는 성장하고 있었다. 병원 생활에서 스트레스가 많을 땐 책이 위로를 가져다주었다. 나의 스토리를 책으로 쓰기 시작하면서 나의 직업과 나의 삶을 사랑하게 되었다. 그리고 책을 쓰기 위해서 또 책을 많이 읽게 되었다. 책은 읽다 보면 가속도가 붙어서 한 번에 여러 권을 읽기도 했다. 책을 읽으면서 생각이 확장되었고 내 삶을 더 넓은 시각으로 바라보게 되었다. 책 쓰기를 배우면서 만나는 사람들을 통해 인맥 또한 넓어졌다.

책 쓰기를 통해 만난 사람들은 대학생에서 기업의 임원까지 다양했다. 『그들은 어떻게 강남 부자가 되었는가?』의 저자이자 경제교육 전문가인 오지혜 대표님을 통해 평소에는 관심도 없던 경제에 대한 눈을 뜨게 되었고, 생소하기만 하던 경제 용어도 조금씩 익히게 되었다. 그래서 가끔은 경제와 관련된 책도 읽고 있으며 앞으로 자녀들에게도 어떠한 금융 교육을 할 것인지까지 내다보게 되었다.

스튜어디스에서 초등학교 교사, 그리고 더 나아가 벌라이언스 아카데미 대표의 자리에 오르게 된 제갈소정 작가의 성공

스토리를 담은 『나는 미래의 나를 응원한다』를 읽으며 더 넓은 세상을 볼 수 있게 되었다. 누가 보아도 부러운 직업을 가지고 살면서도 끊임없이 자신의 꿈을 위해 투자를 하고 있었다. 또한, 그 자리에 머무르지 않고 더 나은 미래를 위해 현재를 충실히 살아온 그녀는 단숨에 나의 롤 모델이 되어버렸다.

이들은 모두 내가 대구에만 머무르고 직장과 집만 오고 갔다면 절대로 만날 수 없는 사람들이었다. 평소에 만나보지 못하는 다양한 분야의 전문가들을 통해 세상을 바라보는 눈이 커졌다. 이렇게 책을 읽고 쓰기 시작하면서 나의 활동 영역 또한 넓어졌다.

전에는 나의 인생, 내 직장, 오늘의 삶 등 좁은 시각으로 하루하루를 바라보았다면 책을 쓰면서는 생각이 조금 확장되었다. 대구가 아닌 전체 대한민국을 바라보게 되었고 나의 직업을 넘어 대한민국 간호사들을 생각하게 되었다.

'아픈 환자들은 간호사가 간호해 주는데 힘든 간호사들은 누가 간호해 주나?'라는 생각이 들었고 같은 간호사가 공감해 주고 위로해 줄 수 있다는 결론을 내렸다. 그래서 간호사를 위한 간호사를 나의 또 다른 목표로 삼았다. 간호사를 못할 것 같은 성격으로 간호사에 도전했고 비록 처음엔 3개월 만에 포기했지만 다시 도전하여 간호사 생활을 했던 나의 경험을 나누며 간호사들에게 용기와 힘을 주고 싶었다. 물론 10년 이상의 경력을 가진 간호사들만큼의 능숙한 간호 기술은 없지만 여리고 서툰 신규 간호사들에게만큼은 딱 맞는 조언을 해 줄 수 있음을 자부한다.

또한, 앞으로 간호계를 이끌어갈 신규 간호사들이 간호사로서 사명을 가지고 좋은 문화를 이끌어 간다면 앞으로 간호계의 앞날은 밝지 않을까. 그리고 힘든 상황에서 자신만의 자기계발 방법으로 자신의 삶을 이끌어 간다면 병원 생활에서 오는 스트레스를 잘 해소해서 자신만의 커리어를 쌓을 수 있으리라 생각한다.

앞으로 사회는 한 직장에만 머무를 수 없다. 직업이 한 개일 필요도 없다. 정년퇴임이라는 말도 이미 옅어졌다. 그렇기에 자신의 현직에서 미래를 위한 준비를 해야 할 것이다. 간호사들은 전문직이기에 다양한 길로 정년을 준비할 수 있다. 간호학을 꾸준히 공부하여 인재를 양성하는 교수가 될 수도 있고, 간호 학원에서 간호조무사를 양성할 수도 있다. 요즘은 간호사가 널싱홈을 개설할 수도 있기에 널싱홈을 창업할 수도 있다. 그리고 간호사들을 위한 에세이나 자기계발서를 써서 간호사를 위한 간호사로의 삶을 이어갈 수도 있다. 또한, 보완 대체요법으로 많이 배우는 수지침이나 아로마 테라피를 배워서 그 분야의 강사로 강의하거나 자신만의 공방을 차릴 수도 있다. 이렇게 주위를 둘러보면 다양한 기회가 있다. 그 기회를 잡아서 자신만의 또 다른 삶을 디자인하기를 바란다. 병원 생활에만 머무르지 말고 다양한 분야를 접하게 되면 내가 몰랐던 또 다른 세상을 경험하게 될 것이다.

주위의 친구들도 나의 이야기를 듣고는 놀란다.

"간호학을 전공했으니 간호사로 일하는 것 밖에 생각해 보지 않았는데, 네 얘기를 들으니 신세계다."

"우와, 나도 배울래."

이렇게 긍정적인 반응도 있지만 물론 부정적인 반응도 있다.

"나는 귀찮아서 그런 것 못하겠고, 그냥 병원이나 열심히 다니면서 돈이나 많이 벌란다."

어떤 인생을 선택하든지 그것은 자신의 몫이다.

하지만 간호사들이 병원이라는 좁은 세상에만 갇혀 지내지

말고 더 넓은 세상을 즐기면서 살아가길 바란다. 환자를 간호
하느라 자신의 삶에서 중요한 것을 놓치지 않기를.